寻找英雄的足

热血军魂
赵博生

讴阳北方◎著

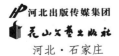

河北出版传媒集团

花山文艺出版社

河北·石家庄

图书在版编目（CIP）数据

　　热血军魂赵博生 / 讴阳北方著. —石家庄：花山
文艺出版社，2021.6（2022.7 重印）
　　（寻找英雄的足迹 / 王凤，李延青主编）
　　ISBN 978-7-5511-5662-2

　　Ⅰ.①热… Ⅱ.①讴… Ⅲ.①传记文学－中国－当代
Ⅳ.①I25

　　中国版本图书馆CIP数据核字(2021)第065936号

丛 书 名：寻找英雄的足迹
主　　编：王　凤　李延青
书　　名：**热血军魂赵博生**
　　　　　Rexuejunhun Zhao Bosheng
著　　者：讴阳北方

策　　划：郝建国
统　　筹：王福仓　王玉晓
责任编辑：董　舸　师　佳
责任校对：李　伟
美术编辑：胡彤亮　陈　淼
出版发行：花山文艺出版社（邮政编码：050061）
　　　　　（河北省石家庄市友谊北大街330号）

销售热线：0311-88643221
传　　真：0311-88643234
印　　刷：三河市东兴印刷有限公司
经　　销：新华书店
开　　本：880×1230　1/32
印　　张：7.625
字　　数：145千字
版　　次：2021年6月第1版
　　　　　2022年7月第2次印刷
书　　号：ISBN 978-7-5511-5662-2
定　　价：25.00元

赵博生

　　1897 年生于河北黄骅，曾任国民党军队参谋长、代军长，在救国救民的探索中，认识到只有共产党才能救中国。他组织发动宁都起义，率领近两万名国民党官兵加入红军，后为红军第 5 军团参谋长。1933 年第四次反"围剿"，他带队钳制三倍于己的敌人。阵地守住了，他却中弹牺牲，用三十六岁的生命践行了共产党员的初心与使命，毛泽东称他为"坚决革命的同志"。

写 在 前 面

◎郝建国

习近平总书记一直高度重视对英雄的宣传和学习，指出："全党全社会要崇尚英雄、学习英雄、关爱英雄，大力弘扬英雄精神，汇聚实现中华民族伟大复兴的磅礴力量。"（2020年10月21日习近平给四川省革命伤残军人休养院全体同志的回信）

我们组织推出此套丛书，即是贯彻落实习近平总书记重要指示精神的一个实际行动，是"不忘初心、牢记使命"的一次具体实践。

曾几何时，英雄这一神圣的群体，被明星的光环遮蔽，在不少年轻人的心中，当年妇孺皆知的共和国英雄，似乎离他们越来越远。追星族挖空心思了解明星们的各种癖好，而对开国英雄们的事迹竟然一无所知。相比于二十世纪五六十年代人们对英雄的崇拜和对英雄事迹的传颂，当下对英雄，尤其是为中华人民共和国成立立下不朽功勋的英烈们的颂扬，显得有些薄弱。

一个淡忘英雄的国家，难以面向未来。

让英雄重归视野、永驻心田，是我们组织创作出版这套"寻找英雄的足迹"丛书的初衷，也是所有参与此项工作的领导和工作人员的心愿。

丛书由河北省作家协会组织创作，由花山文艺出版社编辑出版发行。八位写作者，都是河北省文学界颇有实力的中坚力量，活跃于文学创作领域。他们用生动的笔触，表达对英雄的敬仰和缅怀，在采访和搜集资料的过程中，付出了不少辛劳，在此表示由衷的感谢。

丛书的传主李大钊、董振堂、赵博生、佟麟阁、狼牙山五壮士、马本斋、董存瑞、戎冠秀，都是入选"100位为新中国成立作出突出贡献的英雄模范人物"的河北籍英烈，其事迹具有全国影响力和彪炳史册的震撼力。他们属于河北，更属于中国。由于以前曾经出版过很多记述他们英雄故事的书籍，为了能够吸引当下青少年阅读，我们另辟蹊径，寄望在"寻找"的过程中，发现新事迹，挖掘新材料，带给读者全新的阅读体验。

丛书以青少年为主要读者，因此，写作中力求可读性强，避免史料的堆积和过于浓重的学术表述，让阅读者在潜移默化的感染中，学习英烈们的精神，汲取向上的力量，珍惜来之不易的幸福生活，热爱先烈们抛头颅洒热血建立的新中国，为实现中华民族伟大复兴的中国梦发奋工作。

为了打造出一套高质量的精品图书,作者们数易其稿,编辑们反复审读，河北省作协多次召开协调会，从写作动机、行文风格、读者对象、宣传方案到编辑体例、数字用法都进行了深入研讨，并将丛书列为向中国共产党成立一百周年的献礼图书。其间，得到中共河北省委宣传部领导的大力支持和指导，丛书被列为河北省优秀出版物选题并给予资金支持。

从资料的搜集、整理到对相关人物的采访，特别是写作的创新，其间都面临着巨大的挑战。时代在前进，人们的阅读习惯发生了巨大的变化，我们的尝试能否达到令读者满意的效果，现在还是未知数。不管怎样，我们用一颗虔诚的心，回望英烈们的感人事迹，探寻他们的初心，为当代人树立起一面面闪光的旗帜，这个朴素的想法，其实在丛书付梓之时即已实现。

限于资料的收集范围，加之时间紧迫，书中的疏漏之处在所难免，恳请读者批评指正。

让我们一起讴歌英雄，缅怀英雄，学习英雄，踏着英雄的足迹不断前行！

目 录
CONTENTS

引 子 ……………………………………… 001

第 一 章 寻访英雄故里 ……………………… 006

第 二 章 少年立壮志 乱世出英雄 ………… 014

第 三 章 抱定救国壮志 保定军校深造 …… 032

第 四 章 历经军阀混战 投奔冯玉祥将军 … 037

第 五 章 北京政变 挥师西北 ……………… 043

第 六 章 天津大战 血战南口 ……………… 051

第 七 章 五原誓师 响应北伐 ……………… 059

第 八 章 蒋介石叛变革命 赵博生代理军长 … 071

第 九 章 统率特种兵部队 拒投降怒上秦岭 … 080

第 十 章 拒改编离军赋闲 孙连仲邀请出山 … 090

第十一章 开赴江西"剿共" 多次派人找党

………………………………… 097

第十二章 首战失利进驻宁都 北上抗日遭遇

拦阻 ……………………………… 107

第十三章　地下党开展工作　赵博生光荣入党

　　　　　…………………………………… 116

第十四章　蒋介石紧急来电　赵博生化险为夷

　　　　　…………………………………… 129

第十五章　晓大义念情谊　真诚团结董振堂

　　　　　…………………………………… 137

第十六章　讲矛盾交重任　巧妙争取季振同

　　　　　…………………………………… 149

第十七章　起义迫在眉睫　全面紧急部署

　　　　　…………………………………… 163

第十八章　出现意外波折　推迟一天起义

　　　　　…………………………………… 170

第十九章　周密部署　迎接黎明 ………… 175

第二十章　大摆鸿门宴　起义获成功 ……… 186

第二十一章　红 5 军团诞生　部队接受整编

　　　　　…………………………………… 208

第二十二章　身先士卒　屡建奇功 ………… 218

第二十三章　黄狮渡激战　中弹壮烈牺牲…… 225

引　子

英雄，是民族文化的灵魂。

关于英雄，郁达夫在纪念鲁迅大会上曾说："一个没有英雄的民族是可悲的奴隶之邦，一个有英雄而不知尊重的民族则是不可救药的生物之群。而一个拥有英雄而不知道爱戴他、拥护他的民族则不仅可怜更是可悲的。"还有人说："要了解一个民族，就要看他们崇拜的英雄是谁。"

就在这块我们热爱的土地上，曾经有过一个英雄辈出的年代，那些英雄为了新中国的成立，为了华夏儿女的子孙后代能过上和平美好的生活，他们历尽苦难，九死不悔，献出了青春乃至生命。

这些英雄，他们也和我们一样，有着自己的至亲至爱，有着丰富的情感世界，他们对自己的人生和情感，也充满着和我们一样的美好憧憬和追求。他们才是真正值得我们崇拜的人，我们怎么能够忘记他们？他们所经历的艰苦卓绝而又波澜壮阔的斗争，他们所创造的伟大业绩和不朽功勋，谱写了中华民族争取独立解放的壮丽凯歌。

在我的家乡黄骅，就有这样一位为新中国成立做出突出贡献的英雄模范人物——赵博生。

黄骅，是一个用英雄的名字命名的城市，位于河北省东南沿海，地处渤海湾西岸，西临沧州，黄骅是全国七个以烈士名字命名的城市之一。1945年，为纪念牺牲于境内的原八路军冀鲁边军区副司令员黄骅烈士而更名为黄骅县。因为赵博生、黄骅以及六百多位在这里捐躯的革命先烈，黄骅被称为英雄城。

2019年7月末，河北省作协李延青副主席委托我创作赵博生烈士生平传记一书，我倍感荣幸。赵博生烈士一生虽然很短暂，但是他为中华民族的解放事业做出了巨大贡献，他成功地领导了中国苏维埃革命中一个最伟大的士兵暴动——宁都起义，在中国革命史上有着光荣的地位。中革军委在当时就指出："宁都暴动是中国苏维埃革命中的一个最伟大的士兵暴动，是革命历史上伟大的光荣的一页。"

宁都起义，是在内战紧张、外患严重、民族危亡的紧急关头爆发的，在赵博生率领下，建制近两万名官兵的国民党第26路军起义投奔红军，为红军带来两万多件武器，而且称得上兵不血刃，伤亡极小。这在国民党数次"围剿"、大军压境的不利环境下，极大地振奋了全国，特别是振奋了中央革命根据地的军心民心，使苏区军民更加坚定了国民党必败、红军必胜的信心。宁都起义在国民党军队中引起了很大震动，沉重打击了以蒋介石为首的反动派，有力地支持了中央苏区革命斗争的后续大发展，这支近两万人的生力军，使当时的中央红军兵力由三万余人猛增到五万余人，壮大了革命力量。

赵博生在这次起义中发挥了重要作用，如果没有赵博生在这支军队中享有的极高威望以及他在上层军官中的艰苦细致的工作，起义不可能有这么大的规模，也不可能进行得这么顺利。

这支起义部队改编为红5军团，成为中央红军中的一支劲旅，为反"围剿"斗争做出了重大贡献。特别是在长征中，他们担任最艰巨的后卫任务，打了许多恶仗、硬仗。紧要关头，红5军团指战员往往手持大刀上阵，与敌军短兵相接，杀得敌人血肉横飞、闻风丧胆，被誉为"铁流后卫"。

毛泽东主席这样评价赵博生烈士，说他是"坚决革命的同志"，并指出："以宁都起义的精神用于反对日本帝国主义我们是战无不胜的。"

为了写好《热血军魂赵博生》这本书，让赵博生烈士的革命精神和英雄壮举为更多人所知晓，我从英雄的故里到保定军官学校，从西安再到江西赣州、宁都等地，多次采访、搜集他的生平事迹资料。随着采访的深入，获得的资料越来越翔实，我对赵博生烈士热血报国、救国救民的家国情怀越发崇敬、感动和震撼。

从接受创作任务至今，这一年多的时间对我来说仿佛就是一次漫长的穿越，在走访和倾听的过程中，在拂去尘灰的资料里，赵博生烈士鲜活的音容笑貌历历在目，他冲锋时的呐喊、长夜中的沉思、风雪中的坚守、牺牲时的壮烈……无不牵动着我的心，他仿佛就是我身边的亲人，在承受着苦难，在坚守着信念，在不断追寻、不断前进，直至献出年轻的生命……

他，少年立壮志，读书习武，家庭遭遇恶霸地主诬告，倾家荡产，敢于县衙之上力辩申冤，并在心中埋下反抗黑暗、救民于苦难的种子。

他，投笔从戎，保定军校深造，从旁听生到越级特优，抱救国之志，成军中新秀。

他，南征北战，出生入死，从北京政变到天津大战，从血战南口到五原誓师，从援助北伐革命，到任西安城防司令，从带特种部队怒上秦岭，到汉中受挫，从不接受改编赋闲，到受邀为国民党第 26 路军总参谋长。

他，历尽苦难，信念不改，寻求真理，艰难找党，被派兵进驻江西"剿共"，在民族危亡生死关头，终于找到军中地下党组织，被中共中央批准加入中国共产党，重获新生。

他，临危受命，开展兵运工作，地下党成员被捕，蒋介石亲自发来电报严令缉拿，他运筹帷幄，化险为夷，团结将领，提前起义，摆下鸿门宴，起义大获成功。

他，带领近两万大军加入红军，接受整编，成为红 5 军团 14 军军长兼参谋长，出神入化指挥作战，屡建战功。

他，配合主力军，钳制敌人，在黄狮渡一线决战。为了战斗的最终胜利，他亲率突击队誓死保卫阵地，在距敌只有百米的地方，不幸中弹，光荣牺牲，年仅三十六岁……

第一章 寻访英雄故里

　　河北省黄骅市滕庄子镇慈庄村是赵博生烈士的出生地，位于黄骅市西六公里处，东临黄骅市区，西北临黑龙港河。据记载，明永乐二年（1404 年），于、宁两姓祖先由山西洪洞县大槐树下迁移此处，取村名慈义庄，简称慈庄。

　　走进这个有着一千多人的村庄，赵博生烈士故居坐落在村中央。故居有正房四间、偏房两间，都是土坯房，简朴中透着庄重：青色砖墙，木制门窗，房屋上部墙体用土坯垒砌，外表抹麦秸垛泥，屋顶用芦苇苫顶，是冀东平原传统的房屋结构。赵博生故居伴随着他走过了儿童和少年时代，留下了他人生成长的足迹。

　　这个故居是新中国成立后翻建的，赵博生的亲人都曾在这里长期居住。村里多年来一直安排专人进行看护和定期维护。每年清明、国庆等重要节日，附近的党政部门、学校都要组织干部、学生来祭奠，追思英雄，接受爱国主义教育。2014 年经黄骅市民政局重新修缮后，故居与赵博生烈士纪念馆一同被作为爱国主义教育基地对外开放。

在赵博生烈士故居内，不仅保留着曾经的土炕、箱子，还陈列着赵博生烈士的部分遗物。故居内设置了"身虽死精神长生"为主题的展览，一排赵博生烈士事迹展牌挂在墙上，生动地述说着烈士短暂而轰轰烈烈的一生。一幅赵博生烈士的戎装照被放置在堂屋北墙的正中央，照片中的他，清瘦俊朗，沉稳睿智，一身浩然正气，满目忧国忧民。透过赵博生烈士坚毅智慧的眼神，我们仿佛又看到了那段追寻救国理想、投身战火硝烟的岁月。

赵博生，1897年9月7日出生于慈庄，天资聪慧，深得祖父赵逢春和祖母宠爱。赵逢春共有五子，三子赵以立和五子赵以元都从军。赵博生的父亲赵以明排行老二，是个憨厚、朴实的农民，赵博生的母亲刘氏心灵手巧，能耕会织。赵博生还有一个弟弟赵恩洪，一家三代十几口人，俭朴勤劳，和睦相亲，日子过得比较富裕。赵博生七岁进入本庄私塾，成绩优异，他年少便有鸿鹄之志，好读书，热心助人。

如果以赵博生的天资、学业和当时的家庭条件，他未来满可以走一条读书上进、步入仕途的道路。不承想，在赵博生九岁那年，一场飞来横祸突然降临。本村的地主赵以林声称被土匪抢劫，竟然诬告赵博生的祖父赵逢春勾结土匪。赵以林有钱有势，买通了官府，赵逢春胆小怕事，知道衙门都是为有钱有势的人家开的，不是讲理的地方，无奈离家避难。当地县役趁机敲诈勒索，威胁要拿赵家长孙赵博生到县里抵案。祖母为了不让小小年纪的赵博生受太多的牢狱之苦，全家人只好典地当物，被迫含泪逃往他乡。

半年后，此案虽告结束，但赵博生的家境却从此一落千丈，难以为继。可是赵以林并不因此善罢甘休，随后又诬陷赵博生的父亲赵以明割了他家的禾苗，竟指使他人，将其打伤。赵博生时年十五岁，终于忍无可忍，到官府控诉冤屈。赵博生亲眼所见、亲身体会到的这些苦难遭遇，深深地埋藏在他的心底，这对他后来一贯具有正义感和斗争精神，对他从此树立"拯救民众于苦难"的远大理想，无疑有重要的影响。

1914年，十七岁的赵博生念完十年私塾，因家贫只得辍学在家。这期间，正是辛亥革命以后，军阀混战，百业凋敝，民不聊生。赵博生的三叔赵以立在皖系军队中任下级军官，让赵博生去投考保定陆军军官学校。满怀壮志的赵博生在三叔的帮助下，先去当了个旁听生。

天行健，君子以自强不息。年轻的赵博生在日记中写道："抱救国之志，负救国之责，不得不努力求学。"赵博生如饥似渴、废寝忘食地在军校学习，经过短短半年的努力，他就以优异的成绩升上了该校的正规班，很快又跃入优等生的行列。此后两年，他竟然越级、跳班，成绩在全校名列前茅，成为一个意气风发、才气横溢的少壮军人。1917年夏，赵博生在保定军校以"特优"的成绩，由第七期提前升为第六期毕业。

受五四运动的影响，年轻时代的赵博生立志做个模范军人。但是在那个军阀混战的时代，他虽然立下了救国救民的壮志，却走了十几年摸索前进的曲折道路：他先后在皖系、直系、奉系军队中任职，三派军阀，几次易伍，赵博生痛感军阀对外不能御侮，对内不能拯民于水火。1924年冬，赵博生转入冯玉祥的西北军，几次立功后，升任旅参谋长、特种兵旅旅长、军参谋长。之后他参加了国共合作的北伐战争，其间受共产党人刘伯坚等人的影响，倾向革命，对国民党反动派背叛革命大肆屠杀共产党人表示强烈愤慨。他亲自创作的《革命精神之歌》在部队传唱："侧耳倾听，宇宙充满饥饿声。警醒先锋，个人自由全牺牲。我死国生，我死犹荣。身虽死精神长生……"

1930年，中原大战失败，冯玉祥主力军被蒋介石收编。赵博生痛恨军阀混战，不愿屈从，决定率领觉悟高、有爱国热情的特种兵旅教导大队摆脱军阀的控制，建立了一支真正为老百姓打仗、为救国救民而战斗的爱国军队。赵博生号召大家"离开西安，另谋一条革命的道路"，得到官兵们的响应。官兵们一致推举赵博生为司令，成立三民主义救国军，开辟革命新路。但在部队到达东江口时，遭遇土匪武装袭击，因寡不敌众，部队退守深山。部队在深山坚持二十余日，不得不解散，并相约待机再举。

在经历多次挫折失败之后，各种能走的路赵博生都走了，结果仍然是壮志难酬、报国无门。赵博生进行了深刻反思，对中国共产党的认识进一步加深，认为共产党是真正要革命的，共产党有坚定的信仰，与其联合才可能有一条生路。

1931 年，赵博生受国民党第 26 路军军长孙连仲力邀，出任第 26 路军总参谋长，被调至江西"剿共"战争前线，驻守宁都。九一八事变爆发，第 26 路军官兵强烈要求回北方抗日救国，不料遭到蒋介石的拒绝和堵截。报国无门，还要同胞自相残杀，赵博生不愿干手足相残的事儿，坚决反对蒋介石"攘外必先安内"的政策。在民族危亡的关键时刻，第 26 路军中的中共特别支部与赵博生取得了联系。10 月，赵博生被中共中央批准加入中国共产党，从此开始了新的人生之路，实现了救国救民的夙愿。

赵博生与地下党准备发动武装起义。却不料，12 月初，第 26 路军中共地下党特别支部的三名负责人名单被敌人发现。蒋介石严令缉拿和清除第 26 路军中的共产党员。在这万分危急的时刻，赵博生想方设法化险为夷。在向中央苏区中革军委汇报之后，他临危受命，接受了带领全军起义的任务。赵博生团结和争取了董振堂、季振同等高级将领，率所部一万七千多名官兵在宁都起义。

起义成功后，部队改编为中国工农红军第 5 军团。赵博生先后任红 5 军团 14 军、13 军军长、军团参谋长、副总指挥，率部参加赣州、漳州和南雄水口等战役。每战他都亲临前线，部署周密，指挥果断，屡建战功，荣获中华苏维埃共和国临时中央政府授予的一级红旗勋章。赵博生接过勋章还不到一个月，就血洒疆场。

1933 年初，国民党军集中四个师的兵力分两路向苏区进犯，赵博生奉命率领红 5 军团三个团据守长员庙一带山脉，配合主力在黄狮渡一带消灭敌人。他指挥部队连续打退数倍于我军的敌人，坚守住了阵地，出色地完成了钳制任务。1 月 8 日，赵博生亲自率领由军官组成的突击队，发起猛烈的反冲锋，与敌人展开激烈的肉搏战。赵博生在与敌人相距只有百余米的地方指挥作战，激战中，子弹打光了，手榴弹投没了，他指挥战士们捡起石块当武器……敌人被打退了，阵地守住了，主力部队取得了全歼敌人六个团的胜利。但是红 5 军团杰出的指挥员赵博生却不幸中弹，因弹片深嵌脑部，抢救无效壮烈牺牲，年仅三十六岁。

赵博生的牺牲，在红 5 军团引起了极大的悲痛。这不仅是红 5 军团的损失，也是我党我军的损失。为了纪念宁都起义的领导者、红 5 军团的缔造者之一赵博生，1 月 13 日，中华苏维埃共和国临时中央政府将宁都县改名为博生县，并在瑞金叶坪广场上建造了方形建筑"博生堡"以示纪念。朱德总司令亲笔题写了"博生堡"三个苍劲有力的大字。

赵博生烈士的遗体被安放在他领导起义的宁都县城城西的山下。他的英名和功绩，与山河共存，与日月同辉！

几十年后，赵博生弟弟的孙女婿任建成、族弟赵恩恒及慈庄村村干部于秀辉专程去了宁都赵博生烈士墓前祭奠，并把他墓前的一把泥土带回家乡，希望英雄能魂归故里。

赵博生烈士牺牲了，毛泽东主席没有忘记他。1952 年春，毛主席托人询问河北省委赵博生是否还有亲人，得知他的父亲和弟弟赵恩洪都在后，邀请他们到北京中南海做客，周恩来总理亲自接见。

慈庄村村干部于秀辉说："革命先烈们过的日子充满了枪林弹雨、血雨腥风，今天的幸福生活正是他们抛头颅洒热血换来的，太应该好好珍惜了！我们一定要把烈士的遗迹保护好，把革命的精神传承好，把英雄的家乡建设好。"

赵博生弟弟的孙女婿任建成介绍说，赵博生生性耿直，生活俭朴，以他的军职当年每月领四百块大洋，而他自己只留两三块，其余的都分给穷苦出身的士兵。这种家风一直流传下来，赵博生的弟弟赵恩洪20世纪90年代在村里去世，也是一生节俭，低调朴素。

据村民们介绍，赵博生散居在全国各地的子侄晚辈们非常记挂赵博生故里的一草一木。2008年赵博生远在深圳经商的叔伯孙子赵志刚捐资并带动故乡老少为村里修了二点六公里的"博生路"，改善乡邻的出行条件。几年后，赵志刚再次联合在外的亲朋捐资二十多万元用于公路建设，为家乡发展再尽心力。

2015年，黄骅市滕庄子镇为慈庄村多方筹措资金四百余万元，实施街道硬化、排水改造等工程，村庄面貌大变样，村里的垃圾清运还纳入了黄骅市城乡环卫一体化系统，农民享受到了与市民同样的公共环卫服务。

如今，这里已经成为沧州市青少年教育基地、沧州市国防教育基地、黄骅市退役军人思想政治教育基地。每年，群众都会自发来到这里，缅怀赵博生烈士。

　　"路漫漫其修远兮，吾将上下而求索。"这句诗特别能概括赵博生烈士为摸索救国救民之路所做的努力。英雄已去，精神长存。愿烈士安息！我辈当循着烈士的足迹，不懈奋斗！

第二章　少年立壮志　乱世出英雄

时光回到光绪二十三年（1897 年）的秋天。在茫茫一片盐碱荒滩的渤海湾，芦苇摇曳，鸿雁南飞，一派苍凉的秋日景象。

河北黄骅慈庄，赵逢春一家三代同堂，十几口人，俭朴勤劳，日子过得比较富足。赵逢春共有五个儿子，二儿子赵以明是个憨厚、朴实的普通农民，妻子刘氏心灵手巧，能耕会织。三儿子赵以立和五子赵以元都在外从军。

9 月 7 日，正是白露节气。

白天，赵家男人们去收割庄稼，婆媳们到棉田里采摘棉花。晚上，赵逢春接到五子赵以元托人捎来的书信，高兴地赶紧让赵以明读给全家听。赵以元在信中说："……教官告诉我们，近日《中国商务报》报道'风气忽开，大为变更，商务则砖瓦丝茧，官事则邮政、银行、铁路，一时间景运更新，中国变动之际，从未有如此之速者'。我感觉明日之中国将会有意想不到的变革发生，乱世出英雄……"

老实本分的赵逢春并不懂得信中所说的这些意想不到的变革，也想不到大清朝将会在一年后因戊戌变法的失败而进入更黑暗的时期：光绪帝被囚，变法维新的康有为、梁启超分别逃往法国、日本，谭嗣同等戊戌六君子被杀，慈禧太后更加大权独揽把持朝政，列强开始瓜分中国的狂潮……这些景象，使得整个中国灾难不断，民不聊生。赵逢春更想不到，"乱世出英雄"被赵以元说中了，他家真的将出一位大英雄——后来对新中国成立做出突出贡献的英雄——赵博生。

凌晨3点。曙色还没有降临，赵逢春家的院子灯火通明，全家人都没有入睡，赵以明的妻子刘氏已经被阵痛折磨了半夜。突然，赵以明居住的正房里传来婴儿嘹亮的啼哭，他的长子诞生了！

赵逢春高兴得跪在家谱前给祖宗磕响头，喜极而泣，老泪长流："感谢祖宗护佑，我赵逢春终于有孙子啦！老赵家有后啦！"赵逢春给长孙赵博生取乳名连科，学名恩溥。

赵博生自幼天资聪慧，过目不忘，深得祖父祖母的宠爱。他七岁被送入本村私塾读书，学四书五经，刻苦勤勉，自强不息，每逢考试，必名列第一。十年的寒窗苦读，先后换了三位先生，每位先生都对赵博生赞不绝口，喜爱有加。

赵博生九岁这一年，祖母挂念的连年征战的儿子赵以元终于来信了。祖母特意喊博生读信。得知赵以元当了团长，赵以立当了校官，祖母抹着眼泪说："兵荒马乱的，当不当官不要紧，平安就好。"

赵逢春叮嘱全家："不要外传，兵营里的官，不算官。"

赵博生扬扬手里的信说："五叔当的是团长。"

祖母说："听你爷爷的没错，俗话说枪打出头鸟，咱把庄户人的日子过好就行了。"

赵博生一家过得红红火火，却不曾想到，本来平静的日子飞来一场横祸。

慈庄村有个地主赵以林，跟赵博生家是同宗，和赵以明同辈。赵以林父亲的姨太太是清朝旗人，娘家很富有，靠放高利贷剥削穷人。这女人先是嫁给了一名军官，军官战死了，她又下嫁给赵以林的父亲，带来了全部家产。赵以林家成了方圆几十里响当当的富户。

1906年秋，一股土匪趁着黑夜摸到赵以林家，把刀枪架在赵以林的父亲和姨太太脖子上，抢走了大部分钱财。赵以林痛惜钱财丢失，吃不下睡不着，思来想去，动了歪心思。村中的富裕人家屈指可数，相比之下，赵逢春的家底还算丰厚，他想敲诈一些钱财来弥补自己的损失。赵逢春虽然有五个儿子，却有两个当兵在外，赵以林觉得，即便赵以元他们当了什么军官，也是远水解不了近渴，所谓鞭长莫及。于是赵以林无中生有，竟然跑到县衙诬告赵博生的祖父赵逢春勾结土匪抢劫。

贪赃枉法的官府发传票拘传赵逢春到案。赵逢春如同遭了雷击，自己闭门家中，一场飞来横祸真是从天而降！他连个土匪的影子都没见过，怎么竟成了勾结土匪抢劫？

村里人也都深知赵逢春老实厚道，明白这是赵以林想敲诈，议论说："狗越养越懒，猫越养越馋，人越养越奸！赵以林真不是个东西，这是连本家兄弟都想坑害！"乡邻们都苦劝赵逢春千万不要去县衙，都说："衙门口朝南开，有理没钱别进来。"

赵以林买通官府，前来拘捕。赵逢春知道有理也难以说清，没办法，只好离家避难，躲了起来。

那些县衙差役想趁机敲诈勒索，他们竟然把赵家长孙赵博生作为人质押进了监狱，威胁说："人不到，钱要到！"

全家人都心疼万分，一个才刚刚九岁的孩子，怎么能受得了县衙大狱之苦啊？祖母更是寝食难安，像刀割了心头肉一般。她对全家人说："先保住人要紧！粮食没了，能再种，牲口没了，能再养，不能眼看着一个孩子蹲大狱，那不是人待的地方。"祖母有远见，心一横，做主把牲口、粮食、房产、土地全部抵押给官府，这才赎回了赵博生。

赵博生回到四壁空空的家里，惊讶和愤怒超过了被押为人质的恐惧。他看着家中的骡马没了、粮食没了、家具没了、农具没了，父母叔伯都只会落泪叹气，气得拿了把破镰刀要找赵以林拼命。祖母吩咐家里人死死拦住了他。赵博生挣扎着，把他娘的胳膊都咬出了牙印。

祖母哭着央求道："连科，别犟了，你要真去找赵以林拼命，就要了奶奶的命！他家随便一个长工就能把你扔进河里喂鱼。我宝贝孙子的命可比那些骡马、粮食值钱。东西没了，咱一家人再挣，有啥大不了的？"

赵博生把自己关在屋里两天，不喝水，不吃饭。他在纸上画下慈庄村草图，把赵以林家画成大黑点儿，写上赵以林的名字，他盯着那黑点儿说："赵以林，你等着！等我长大了，再跟你算账！"

半年后，此案才结束，躲避官府的赵逢春战战兢兢回到家中。经历了这场莫须有的官司，赵博生家日渐败落了，日子大不如从前。可是祖母决心继续供赵博生读书，他懂得大人的心意，更加刻苦勤奋。

一场官司，使赵博生立志学知识的同时，也下定决心练好武艺，为的是保家立命。

沧州，作为驰名中外的武术之乡，源起或流传于沧州的拳械门派多达五十三种，代表性拳种有八大门派：劈挂、燕青、六合、八极、八卦、功力、查滑、太祖，而疯魔棍、苗刀、戳脚、阴手枪等拳械更为沧州所独有。明清两朝，沧州共有武状元八人，武举人、武进士一千四百余人。"把式房"遍布城乡村落。历史上，沧州一带为南北水旱交通要冲，是官府豪富走镖要道，所以沧州镖行、旅店、装运等行业兴盛。清末"镖不喊沧"已经成为南北镖行同遵的规矩，南来北往的镖车，不管是黑道白道，也不管是水运路行，只要是车到沧州、船过沧州，必须扯下镖旗，悄然而过，不得喊镖号。否则，无论你有多大的名头，多好的身手，只要在沧州喊镖叫板，保管你栽个大跟头，丢尽脸面。

慈庄村附近村子有个练八极拳的镖师开了一家武馆（当地俗称把式房），专门教习少年弟子，很受乡里人尊重。祖父赵逢春领着赵博生拜了这位张镖师，开始了习武练功的艰辛之路。

张镖师告诉赵博生："练拳不练功，到老一场空。"他一再强调练功的重要性，说历代的武术家，都有精湛的内功和硬功，如练硬功必须结合练气功，以免气血凝滞，或伤筋骨。中国绝技很多，不论佛家、道家都有不同凡响之功，如少林的一指禅，武当的五雷闪电手，一眨眼间能将敌手击倒，而学功易，学精难，有诚心、有毅力者才能成功。

为了练好基本功，师父要求赵博生每天凌晨4点必须起床，腿上绑着装满沙子的布袋，绕着村子跟河堤不停地跑跳，从开始的五里路增加到十里路，练得汗水湿透全身，而且一整天都不准解下沙袋。跑完步之后，接着练习站桩、蹲马步。赵博生从来不叫一声苦，经常累得晚上睡觉都爬不上炕，娘心疼得扶他上去，劝他别练了，可是没说上两句话，赵博生已经累得睡着了。第二天4点，他照常准时起床，绑上沙袋又去跑步了。

赵博生始终记得师父的告诫：练功须吃非常之苦，半点儿不得懒惰，水滴石穿，功到自然成，功夫不负有心人。赵博生练得认真投入，非常刻苦，张镖师很喜欢他的拼劲儿，开始教他练拳脚和气功，叮嘱他每一层练习都离不开刻苦训练，要持之以恒，不断参悟，只有明白什么是刚柔并济，才能运用到极致。

张镖师传授武功的同时，不忘给赵博生等弟子讲解武德的重要性，他说："武术功夫容易伤人，所以必然要注重功德，要扶持正义，多做好事，这是练功者之必要。"这位充满正气的老镖师，还喜欢给弟子们讲武林传奇，讲精武门英雄霍元甲威震俄罗斯大力士，为中华民族雪洗了"东亚病夫"之耻，鼓舞了中华民众的志气，为亿万同胞所钦佩和仰慕；讲京师武林名侠大刀王五，他也是沧州人，一生行侠仗义，支持维新变法，靖赴国难，成为人人称颂的一代豪侠；讲沧州燕子李三，除暴安良、杀富济贫……这些传奇故事唤起了赵博生对受苦受难的百姓的同情，以及对那些敢于反抗邪恶、铲除人间不平事的侠客的崇敬，赵博生希望自己长大以后，做一个统兵将军，为民请命，扫尽人间不平。

转眼赵博生十五岁了，长得格外挺拔俊朗。他年少便有鸿鹄之志，德才兼备，有过人胆识，喜欢读《三国演义》《水浒传》《西游记》《精忠说岳》《杨家将》等书。

赵博生不但自己喜欢读书，学习新思想、新知识，还经常向乡亲们灌输科学思想，劝乡亲们不要迷信。开始，大家并不相信一个年轻后生的话，甚至有人要试试他。这天，绰号叫马猴的家伙特意带着伙伴找到他说："咱村的关帝庙，夜里总有响动，像是有人拼杀，一定是关公显灵了。"

赵博生说："关公就是一座泥胎雕像，咋会跑下来拼杀啊？都是迷信。是你自己亲眼看到亲耳听到的吗？"

马猴说："村里人都这么说，反正关帝庙我们都不敢进。你说是迷信，你敢进吗？"

赵博生答道："有啥不敢的？带我去。"

马猴说："那你敢不敢打赌？别我带你去了，你又吓回来。"

赵博生一笑："好，打赌就打赌！我要是输了，我把手里这本书吃了。"

马猴摇头："不行，这么赌不好玩，你要是输了，请我们几个吃酱牛肉。听我爷爷说，三斤牛肉才出一斤酱牛肉，那玩意儿老贵了，过年都吃不着。"

赵博生慨然答应："好，没问题。你赌啥？"

马猴想了想说："要是等到深夜，你真能把关二爷的大刀拿出来，我请你吃烧饼，吊炉烧饼。"

赵博生毫不犹豫地说："好，一言为定！不过这烧饼不是请我一个人吃，要请全村。"

几个人一商量，觉得赵博生是吹牛，他肯定输，便答应了。

夜深了，村子里的人都在酣睡。除了一点点微弱的星光，整个村子都沉浸在黑暗里。村外的关帝庙在无边的暗夜里更显得幽深神秘。突然，静寂的庙里响起一阵拳打脚踢的声音，接着好像还有唱戏的声音，是高亢的河北梆子。壮着胆子藏在关帝庙外面的几个人吓得"哇哇"叫着，起身就要往回跑。

这时，赵博生出现在庙门口，提着关公的大刀，他大声喊回逃跑的几个人："回来，回来，别跑！是我，赵博生！"

赵博生点亮手里的火把，火光中，他满身满脸都是灰尘，笑得露出一口白牙。

几个人惊魂未定，半天才相信真的是赵博生站在庙门口。

众人真的服了，扛起关二爷的大刀，要拉赵博生去集上早市吃烧饼。

赵博生没吃烧饼，他知道大家并不富裕，真要是按照赌注请全村人吃烧饼，恐怕那几家人的日子都别过了。他告诫大家：“关公原本是人，与刘备、张飞桃园三结义，他赤胆忠心，仁义忠勇，美名留史。人们敬仰他义气，才为他修庙祭祀，供奉塑像。这塑像就是人做的泥胎嘛，我见过是怎么做出来的。关公真的不是神，也没有神，我们怎么能信鬼神之说呢？”

众人信服。赵博生深夜拿关公大刀的故事就此传开了。

赵逢春听到后，跟一家人说：“咱家连科不是凡人，关二爷的大刀是随便啥人都能拿的吗？看着吧，连科是将星转世，必定有一番作为。”

赵博生笑爷爷还是没有走出迷信，但他暗暗下定决心，一定要像关羽那样，做个赤胆忠心令人敬佩的人。

转过年来的一天，赵博生跟随父亲去村西割草，旁边是赵以林家的地。赵以林那天带着几个伙计在附近的野地里打兔子，追着追着兔子，他发现了割草的赵以明。赵以林眉头一皱，计上心头，他提着猎枪跑过来，硬说赵以明割了他家的禾苗，让赵以明赔偿。赵以明不承认割了禾苗，让赵博生当场把筐里的草都倒出来，让他们验看。赵以林连看都不看，扭着赵以明的胳膊，不答应赔偿就不算完。赵博生斥责他们是无赖。赵以林命令狗腿子们一齐动手，拳打脚踢，赵博生上前护着父亲，虽然他的拳脚已经有些功夫，但是好汉难敌四手，狗腿子们仗着人多势众，把赵博生打得满身是血，赵以明的右腿被打伤了，站都站不起来。

原来，自从与赵博生家打第一场官司，尽管六年过去，赵以林并不打算罢休。因为当初虽然他诬告得逞，赵博生家的财产却全部落在官府手里，赵以林并没捞到多少好处。他一直余怒未消，总想再次寻机敲诈。打完赵以明父子以后，赵以林又跑到县上再次诬告。

县长认为有了捞钱的机会，立刻拘捕赵以明到案。

赵博生终于忍无可忍，要到官府控诉冤屈。赵逢春胆小怕事，极力拦阻，他劝赵博生："衙门都是给有钱有势的人家开的，哪有咱穷老百姓讲理的地方？上次的官司就是个天大的教训。"

赵博生反驳道："难道这光天化日，朗朗乾坤，真的没有天理良心？没有公平法度？任由黑白颠倒，恶人横行？"

祖母决定找赵以立、赵以元，让他们带兵回家报仇，不能让赵以林三番五次没完没了地欺负。

赵博生头脑清醒，劝告祖母："动用军队报仇，事情会越闹越大，况且二位叔叔到处征战，上哪里去找他们？我去县衙大堂，跟他们辩理！"

祖母担心赵博生年纪小，想拦着不让去，别像原来那次又被绑了当人质。

　　赵博生毅然说："就让我去吧，反正没有活路了，我要闹一闹这县衙公堂，让全县的老百姓都知道知道现在是什么世道！"

　　赵博生走后，祖母思来想去，还是不放心，打发四儿子去保定找赵以立，让他带兵回家。

　　少年赵博生只身来到盐山县公堂之上，小小年纪，毫无畏惧。

　　赵以林右边一条胳膊吊着绷带，龇牙咧嘴假装受伤。

　　盐山县长说："赵博生父子是刁民，割了人家禾苗不承认，还把人家右臂打断，致使无法劳动，这样目无法纪，一定要严惩。认赔，赔一头牛钱，外加一百现大洋；认罚，把赵以明关上一年监狱，念赵博生年纪小，牢狱之苦就免了，给赵以林家当一年长工。"

　　赵博生强压住怒火，盯着县长镇静地说："六年前的官司，幸亏不是你这位县长。前任县太爷，那真是腐败昏庸，不分青红皂白，不辨真假善恶，听信了赵以林的诬告，让我们一家倾家荡产。现在已经是中华民国了，宣统皇帝退位，大清王朝宣告灭亡。中华民国注重法制。我不相信现在的新县长还会这么颠倒黑白，不分是非，贪赃枉法。我相信，县长大人肯定是被赵以林蒙骗了。"

　　赵博生的气势和见识让县长大为惊讶，问赵博生："何以见得本县是被蒙骗了？你这个少年是从哪里听到这些新名词、新主张的？"

赵博生从容回答："新名词、新主张得益于我的两位叔叔，他们从军多年，跟随的都是大总统的爱将，经常寄家书回来，我有机会学习一二。"

县长不由得站起来，狠狠地看一眼赵以林，又对赵博生说："你家中有这样的两位叔叔，怎么没见县里有名录？他们在军中都任什么职务？"

赵博生轻轻一笑："叔叔们一心只想报效国家，把自己的职位看得并不重。祖父祖母也不希望张扬，只盼着把这平常的日子过好。谁想，赵以林三番五次诬告我们，行为太恶劣了！"

县长思忖半天，问赵以林："赵博生说的可都属实？"

赵以林慌忙解释："他是有俩叔叔当兵打仗，做的官有多大我不知道，可他们三年五载也回不来一趟，用不着怕他们……"

县长喝道："混账话，谁说本县会怕他们呀？我是怕官司判得不对，百姓有冤，那我这个县长岂不白当啦？"

赵博生说："有没有冤，很好判，请县长允许我站到赵以林面前，我可以证明给大家看。"

县长同意，不知道赵博生葫芦里卖的什么药。

赵博生走到赵以林跟前，转到他的右手边，高声质问赵以林："赵以林，你本是我同宗的长辈，像爷爷说的，一笔写不出两个赵字。你怎么能一而再，再而三地诬陷我们？我爷爷忠厚老实，从不跟人争执，从不多拿一分不属于自己的钱财，村里大人小孩都知道。六年前，你诬告我爷爷勾结土匪，抢劫你家钱财，你哪只眼睛看见他去勾结土匪了？你又哪只眼睛看见他带人去你家抢劫了？证据在哪里？天理良心在哪里？你家富裕，遭人抢，你不让官府去抓真正的土匪，却诬陷我爷爷，结果真正的土匪逍遥法外，我家却因此倾家荡产。假如爷爷真通匪，早就带人找你报仇了！"

赵以林支支吾吾，想抵赖："咱村里就你家有俩当兵的，还是军官，有人给撑腰，不然谁家敢勾结土匪抢劫我们家？"

赵博生冷笑："真是荒唐，以小人之心度君子之腹，完全是凭你自己的想象，根本没有任何证据。真是无赖！"

赵博生一边说，一边冷不防突然扬起手，做出要狠狠打人的样子，赵以林下意识地抬起右胳膊来挡。赵博生的手落下去，并没有打到赵以林脸上，而是抓着赵以林完好的右臂给众人看。大家一时都明白了。

县长指着赵以林："你，你竟敢骗本县？"

赵博生义正词严："县长大人，请允许我讲完冤情。我家两个叔叔，虽然都是军官，一将一校，但六年前家中遭此横祸，他们不曾知道，是因为祖父宅心仁厚，不叫我们相告。一是不想让人说仗势欺人，二是不想让叔叔们假公济私，更主要的，祖父是担心叔叔们如果真回来跟赵以林拼命，那样兄弟相残，难免一场争斗，所以爷爷宁肯自己蒙冤，躲到外地避难。可赵以林竟然买通原来的官府，把只有九岁的我扣为人质，逼得祖母变卖典当，倾家荡产才把我赎回家里……"

县长听到此处不禁拍案而起："赵以林，原来你竟然是这等心狠手辣之人，本县真是让你蒙骗了！"

赵博生盯着赵以林："一场官司打了半年，我们家一落千丈，难以维持生计，可你活得滋润，活得自在。现在，你又故技重演，诬赖我父亲割你家禾苗，我和父亲割草的地方，距离你家的地还有一段距离，这个可以请县长派人去丈量。还有，你家地里禾苗根本不缺，怎么说是我们割了你家的禾苗？这个也要请县长大人派人去查。你这纯属诬告、敲诈，司马昭之心，路人皆知。区区禾苗几个钱？要我重金赔偿？一头牛，加一百现大洋，你家禾苗是金子的吗？再有，你命人把我父亲的腿打伤，不能下地劳动，这该怎么赔偿？你还反咬一口，自己装受伤。幸亏现在县长大人是中华民国的县长，不是大清朝的腐败官吏，我相信，县长大人心明眼亮，定会秉公而断，惩恶扬善！"

赵博生一番慷慨陈词，赵以林羞愧难当，低头不语。

一席话，也让县长面上发烧，心里打鼓，赶紧自己找台阶下，痛斥了赵以林，关押半月，并命他赔偿赵以明的损失。

一家人还在愁眉苦脸地担忧，赵博生搀扶着赵以明欢天喜地回来了。赵以立带着一个贴身卫士，正好从保定赶回慈庄村。

赵博生看见三叔回来，很惊讶。赵以立也很惊讶，问道：

"官司这么快就打完了？我这快马加鞭，紧赶慢赶，还是晚了。怎么样？还像上次那样颠倒黑白吗？"

原来赵博生的四叔去保定搬"救兵"，把跟赵以林前前后后的仇怨都讲给赵以立听了。

赵以明揉着自己的伤腿，拦住赵博生的话问："三弟，要是这官司判得不公，你咋办？"

赵以立拍拍腰间的手枪，答道："好办，我在军队里经常清匪反霸，老家出了恶霸哪能不管？咱家哪能受这气？亮亮家伙，啥事都好办啦！"

赵以明笑了："好兄弟，真给二哥撑腰！有你这话就够了。"

赵博生也笑了："三叔，我爸逗你呢，官司打赢了。"

不仅赵以立，全家人都不敢相信这么容易官司就打赢了，更不敢相信居然是赵博生凭借自己的聪明才智和绝妙的口才赢得了这场官司。

祖母拍打着赵博生的手，禁不住流下喜泪。

赵逢春不停地重复着一句话："我孙子有出息，有出息，将来有一番大作为……"

赵以立好不容易回家，决定在家停留几日，请医生给赵以明治疗腿伤，也在父母面前尽些孝心。

这天，赵博生把自己关在房间读《精忠说岳》，这是赵以立知道他爱读书，特意给他带回来的。

突然，赵博生屋内传出痛哭之声。

祖母和赵以明、赵以立都吓了一跳，赶紧打开房门问究竟。

赵博生抹着眼泪说："岳飞在风波亭遇害了！这么好的忠臣良将，死得这么冤，这么惨！"

赵以明和赵以立相视一笑，都松了口气。祖母还以为赵博生被赵以林打得伤痛发作了。

赵以立安慰赵博生道："岳飞的确是精忠报国的英雄，可那是宋朝的事了，你干吗哭那么痛啊？后来新皇帝即位，给岳飞的冤狱平了反，还赠封号'岳武穆'，后人世代学习他精忠报国的精神，他的忠勇代代相传。"

祖母叹道："看博生这孩子的架势，让我想起以元小时候，他也总是嚷嚷着要做大英雄，天天练武，长大了非要从军，谁也拦不住。"

赵博生把书放到一边，突然向祖母提出："奶奶，孙儿十年学业已满，我要到外面去上学。"

祖母听了心情复杂，喜的是博生有出息，上进心强，忧的是，没钱支持博生上学。

赵以明说："算了，博生，读了十年私塾够用的了，这兵荒马乱的年头，书读多了也没用场，还是在家多帮大人们忙忙地里的庄稼。"

赵博生没有说话，眼里涌上泪水。

祖母心疼孙子，不愿拗了博生的心，便说："上，咱砸锅卖铁也培养孩子。"

赵以明有些为难地看看母亲："娘，为了打官司，咱家已经砸锅卖铁一回了。博生下面还有三个弟弟，他已经十七岁了，也该帮家里挑挑担子了。"

赵博生懂事又无奈地点点头："那我就先帮家里干活吧，上学以后有机会再说。"

赵以立说话了："娘，甭着急！把博生交给我吧，我带他去考保定军官学校。"

全家人眼光一齐投向赵以立。

赵博生不相信自己的耳朵，问道："三叔说的可当真？带我去考保定军官学校？"

赵以立郑重点头："投笔从戎，你愿意吗？"

赵博生连声说："愿意，愿意！"

祖母笑了："老三，你带博生去吧，跟着你，娘就放心啦。"

赵以立说："我看博生聪慧好学，遇事不慌，稳健又勇敢，小小年纪，就有大将风度，是块好材料。让博生去闯闯吧，没准儿会拼出个统兵大将！"

赵逢春在旁边已经听了半天，忍不住说："以立说得有理，我爱听，我孙子说不定就是三国的赵子龙，比周瑜还强呢。"

一家人都笑起来。

赵逢春严肃地说："笑啥？赵子龙也是咱老赵家人嘛，我孙子就像赵子龙。"

一家人笑得更厉害了。

赵博生不好意思地直挠头。

第二天，天色微明，赵博生就起床收拾行装。母亲把换洗的衣物都给他准备好了，一年四季的都有，恨不得把能带的都给他带上。赵博生拉住母亲的手："娘，带不了这么多，去军校读书，当了兵，穿的用的都是部队发啦。我这些衣服，留下给弟弟穿吧，省得娘夜夜织布到天亮。"

母亲眼泪流下来，叮嘱道："长这么大，你没离开过娘，现在是兵荒马乱的年月，在外面自己多当心，遇事多留个心眼儿……"

赵以明也叮嘱博生："当兵要听长官的话，干上去不要祸害百姓，干不上去，就回家种地。"

祖母眼含热泪，拍打着赵博生说："去吧，去吧，花盆里栽不出万年松，奶奶等着我的大孙子当将军回来。"

赵博生给祖父祖母和父亲母亲分别磕了头，起身离去。

村口，赵博生和赵以明骑马走远了。他回过头来，爹娘还在向他挥手……

第三章　抱定救国壮志
保定军校深造

　　在中国近代史上，黄埔军校几乎成了一个神一样的存在，名将如云，英雄辈出，在十四年抗战以及解放战争中，舞台上的主演好多都是黄埔毕业生。但实际上，跟保定军校相比，黄埔军校就是速成班。黄埔第一期只在校学习八个月，以后的各期也只有一年。而保定军校共为黄埔军校输送教官861人，对黄埔军校的创办和发展产生了深远的影响。

　　保定军校，全称保定陆军军官学校。这是赵博生烈士苦读和淬炼过的军校，被誉为"将军摇篮"。杨成武将军曾称赞它是"上承天津北洋，下开广州黄埔，是对近代中国军事教育影响深远的一所值得纪念的学校"。

　　1914 年，十七岁的赵博生在三叔赵以立的帮助下去投考保定陆军军官学校。这期间，正是辛亥革命以后，军阀混战，帝国主义列强虎视眈眈，妄图瓜分中国，农村凋敝，民不聊生。赵博生一心希望自己的报国之志能在军队里得到实现。

　　然而现实很残酷，赵博生考的结果却令人失望。原来赵博生虽然有过十年寒窗苦读，但学的大都是四书五经之类，对那些新学课题却知之不多，特别是数理化和外语，对于赵博生来说，就像天书，一窍不通。赵博生不禁连连叫苦。赵以立给他打气说："博生，你虽读了十年诗书，学了些之乎者也，虽然会些武艺，但距离要求甚远。此次报考保定军官学校，没有录取也属正常，但并不代表我们会放弃。"

赵博生赶紧表态："我绝不放弃！这点儿挫折不算什么，只要我认准的事情，定会用百倍的努力、千倍的努力、万倍的努力去争取！"

赵以立："好小子，这才像我们老赵家人。三叔会尽力再想想办法，我相信，凭你这个资质和毅力，一旦读了军校，就有当将军的希望！"

赵以立当时是皖系营长，驻守保定，为人豪爽，仗义疏财，在军中很受士兵拥戴，结交的朋友自然也不少。赵以立膝下无子，视赵博生为己出，特别关爱，因此他把赵博生上军校的愿望，当成头等大事来办。

赵以立与几个保定军校教官交情不错，经再三请求，最后争取到让赵博生去当旁听生。赵博生对此并不介意，在他看来，只要有书读就行，况且学的又是自己过去从未接触过的新鲜知识，因此赵博生依然万分欣喜。

赵博生在三叔赵以立的带领下参观了整个军校，心中颇为震撼。他在楹联前站立了许久，口中念着："报国有志，束发从戎，莘莘学子济斯望，三叔，这句话真说到我心里去了！"

赵以立拍拍他的肩："博生，千万珍惜这个得来不易的机会，三叔只能帮你一次，以后全靠你自己帮自己！"

赵博生用力点头："放心吧，三叔，博生绝对不会给您丢人。所谓命运，运气只是机会，最终是什么样的命，全靠自己努力。"

赵以立："好小子，有志气！自辛亥革命，保定军校毕业生担任高级指挥官的已占很大比重。这所军校自建立之日起，即标榜'军人以保家卫国，服从命令为天职'，这成为保定军校学生一种职业军人的特点。你一定要记牢。"

赵博生慨然答道："好，一定牢记！还有校训'守信、守时、苦读、勤练、爱校、爱国'，这些将是博生一生遵循的准则。"

赵以立满意地笑了。

作为保定军官学校的旁听生，赵博生没有自卑，没有气馁，更没有被困难吓倒，他如饥似渴、废寝忘食地学起来，以顽强和毅力攻克了一个又一个难关。课下，他总是提前把第二天要上的内容都预习一遍，画出不懂的重点和难点；课堂上，他全神贯注认真听讲，几乎是一字不落地把教官的授课内容用笔记录下来，把难点部分反复研读，直到彻底搞懂；下了课，他赶紧查漏补缺，虚心向师长和学友请教，不放过任何学习请教的机会。

在全体学员中，赵博生总是第一个起床，最后一个睡觉，全部精力都用在了学习上。他刻苦自励的精神实在惊人，同学们无不折服。

赵博生在日记中写道："抱救国之志，负救国之责，不得不努力求学。身欲救国，必先求学问，百般知识，无不由学问中得来，人若无高尚知识，虽欲救国，则心有余而力不足，然欲达此目的，非努力求学，则不能成功。"

经过短短半年的刻苦努力，赵博生不但补上了数学、理化、英语及其他课程，而且考试成绩优异。经校方批准，他升上了该校第七期正规班，很快又跃入优等生行列，成绩在全校名列前茅，原先看不起他的人开始对他刮目相看。每逢军事课或演习，赵博生与师生们共同演习排兵布阵，常有奇谋，制胜对方，显露出过人的军事才华。

赵博生堪称军事天才，他深谙兵法，熟读古今中外军事家的著作，除在军校系统学完必修的军事课程之外，他认真研读了孙子、诸葛亮及姜太公、鬼谷子、曹操乃至近代的曾国藩等人的兵法，并写下许多有独到见解的笔记、日记，要求自己熟记、背诵，在实战中运用。

1917年夏，经过两年堪称艰苦卓绝的学习训练，赵博生几次越级、跳班，以"特优"的成绩，由第七期提前到第六期毕业。学校派他到皖系军队北京北苑参战第一师步兵三团二连当见习官。当时，该校的毕业生中有不少人成为民主革命的骨干。

赵博生保定军校毕业这一年，正满二十岁。这是他最好的青春年华，拥有满心的报国壮志。他挺拔、俊伟的身姿，中等偏上的个头儿，清瘦刚毅的脸型，宽宽的额头，戴一副黑框近视眼镜，大眼睛透着坚定沉着和智慧，一双浓眉入鬓，眉宇间英气勃勃。此时的赵博生虽然只是少尉军衔，但文静之中不失威武，儒雅之中透着刚毅，显得睿智洒脱。赵博生真正成了一个意气风发、才华横溢的军中新秀。

第四章　历经军阀混战
投奔冯玉祥将军

　　刚刚步出校门的赵博生，初入军旅，踌躇满志，满以为可以为国为民干一番事业，可是却在严酷的现实面前碰了壁。

　　当时正逢乱世。鸦片战争令清政府惨败，后又败于东洋小国日本，再败于八国联军，一败再败，加之随后签订的不平等条约，更是让政府颜面扫地，威信全无，地方势力看政府如此软弱无能，都在寻找机会，试图割据一方。

　　1901年，慈禧政府进行新政，但是政策不对头，如同打开了潘多拉的盒子，不仅将清政府埋葬，最终导致各省借辛亥革命之名独立，军阀多年混战的局面形成。

　　1916年6月袁世凯的皇帝梦破灭。袁世凯死后，内部权力之争逐渐激烈，形成了皖、直、奉三大系。

　　直系、皖系、奉系三派军阀在英、美、日等帝国主义的操纵下，连年混战，相互兼并，中国到处是战场。北方战事刚停，南方战乱又起。

　　1920年7月，直皖战争爆发，此战以段祺瑞的皖军惨败告终。皖系惨败之后，赵博生被迫转到直系军中，开初学习无线电，继而担任无线电中队长。

1922年4月又爆发了直奉战争，无线电少校中队长赵博生随部队出征。一场混战下来，赵博生又落在奉系军中。

三大军阀部队赵博生都经历体验了一遍。如此几经转折，三易其伍，赵博生对这一场场战争怀疑起来，他清楚地看到反动政府和反动军阀根本不能拯救民众于水火之中，反而给民众带来更加深重的灾难，而他自己只不过是在被别人当"枪"使，作为一种工具被驱赶到军阀混战的前线，他自己所追求的救国救民的理想，早已被击得粉碎。他感到出路渺茫，内心充满忧虑，常常仰望星光晦暗的苍穹，忍不住悲叹："国，何时能强？民，何时能安？"他这一腔报国之志，到哪里去施展？苦闷中，赵博生跟好友发出这样的悲叹："政府这样腐败，社会这样黑暗，我真不想在这里做事了，我想下去拉洋车……"

这时，不得不提到一个重要人物——冯玉祥。赵博生的半生戎马生涯注定都跟这个人有关。

1923年冬，第一次直奉战争结束后不久，赵博生不断听说冯玉祥的部队纪律比较严明，官兵都佩戴着"不扰民，真爱民，誓死救国"的臂章，于是便投奔其表叔张之江，毅然加入冯玉祥的部队。

冯玉祥，民国时期著名军事家，祖籍安徽巢县（今安徽省巢湖市），生于直隶青县（今属河北省沧州市），中国国民革命军陆军一级上将。因其出身比较贫苦，所以对部队军纪的要求相对也较为严格。他的部队官兵一律佩戴写有"不扰民，真爱民，誓死救国"的臂章。

赵博生在这样的环境和气氛中，初步的民主思想又复萌起来，他又看到了一线希望。赵博生以为这就是新的前景了，非常刻苦自律。他不吸烟，不喝酒，不带妻室，所获薪金，除维持自己的俭朴生活外，其余都用以奖励和救济士兵。由于他作战勇敢，多谋善断，再加上不贪财，不爱女色，爱护部下，尤其是具有抗御外敌、救国救民的明确志向，使得他在军中很快赢得新秀可嘉的声望，军职也逐级提高。

张之江，生于河北省盐山县（今属河北省黄骅市）一个农民家庭，八岁随祖父习武读书，自青年时起即喜爱武术，十八岁时应童子试，补诸生。西北军著名将领，中国国术主要倡导人和奠基人。他为人重德守义，办事雷厉风行，刚决果断，是西北军五虎将之首，军中尊称"大主教"。

张之江和冯玉祥是结拜兄弟，滦州起义的战友，感情深厚。张之江与赵博生是同乡，论起辈分，赵博生叫他表叔。此时赵博生已升任副团长，行军打仗常有良策。张之江非常欣赏赵博生的人品才气，对他喜爱有加。

1924年，在中国共产党推动和帮助下，孙中山改组国民党，提出了"联俄、联共、扶助农工"三大政策。第一次国共合作建立后，消息传来，赵博生高兴得彻夜不眠，他赞成孙中山的"新三民主义"，并积极主张本部队参加革命。

赵博生跟随张之江驻通州期间，除了大力练兵外，还给地方人民做了很多好事。

　　1924年7月，大雨倾盆，昼夜不息，连绵无尽的暴雨使永定河、大清河、子牙河等河水暴涨，堤坝相继溃决，尤其以永定河灾情最重，决口共有四处，京城和周围村庄一片汪洋。村庄的护庄堰一道道被冲破，大片田地被淹没，人们奔走呼号，无数生命受到威胁。

　　张之江当即决定派两个团前往永定河护堤，赵博生主动请缨，他立下军令状：险情就是战场，力保百姓生命和财产不受损伤。

　　大雨不停地从天上像瓢泼似的往下倒。风雨交加，水势凶猛，强劲的西南风卷起排排浊浪直冲河堤，不禁让人心惊胆战！那时的河堤都是土堤，耐不住高水位浸泡和风浪冲刷。赵博生想起在家乡时黑龙港河抢险防汛的经验，指挥全团的官兵用麻袋盛土、装石块，打木桩堵决口，绑起一段段十几米长的粗大的芦苇捆，推下河堤，用作挡浪护堤之用，为防止河水冲走芦苇捆，再用柳树桩固定在河堤下。他知道只用"堵"的办法不行，还要疏导洪水。他带领士兵除了加固堤坝，还开沟清障，一次次排除险情，一次次化险为夷，加固子堤六十余公里，排除险情十多处，使用麻袋几万个，巡查堤坝百余公里。对于那些在洪水中受灾的百姓，赵博生身先士卒带领部队抢救，把军粮供给灾民喝粥充饥。

　　这一天，在暴雨中的河堤上。赵博生指挥官兵扛沙包、堵漏洞，一道抗洪人墙屹立水中。洪水湍急，来势凶猛，眼看河堤马上就要决口了！

赵博生看出险情，立即下令：通知全体官兵，马上向安全地带撤离！

水势越发凶猛。赵博生的警卫员被困在洪水中，他紧紧抓住激流中的一棵小树，随时都有可能被冲走，情况十分危急。赵博生不顾大家的阻拦，随手抓住一根安全绳跳进湍急的水流中。赵博生努力靠近警卫员，终于抓到了他的手，用力拽他上岸。

赵博生再次命令："快，大家快撤到安全地带！等洪水稍缓，我们继续加固堤坝！"

半天后，大雨停了，洪水终于退去。沙包堆砌成的一道堤坝在残阳下像一道坚固的墙。

有的战士累得躺倒在岸上睡着了，有的战士坐在地上啃冷馒头。赵博生一手叉腰站在岸边观察河水情况，一手拄着一根粗树枝当拐杖。

警卫员递给赵博生一个馒头："赵团长，快吃点儿吧，老乡送来的，您一天都没吃东西了。"

赵博生摆摆手："我不饿，把粮食留给老乡吧。洪水彻底退了，老百姓没有伤亡，这是最大的幸运……"

到了第二天早上，冯玉祥又亲自率领五个旅及团营长到现场参加抢护，终于战胜了洪水。部队在防洪抢险中有一百多人受伤。

永定河两岸的百姓，对冯玉祥的军队十分感激，准备将堤名改为"冯军堤"。雨过天晴，水势下降之后，永定河堤内有荷花池，荷花盛开。老百姓传说荷花是为冯军而开，所以经久不凋谢。

　　张之江部队抢护河险的事迹，誉满京华。赵博生有勇有谋、身先士卒、爱民如父母的精神令全旅官兵钦佩。

　　驻北京期间，冯玉祥所部得到进一步发展，总人数扩充到五万多人，北京政变前，分编为五个旅，外加三个补充旅，分别由张之江、李鸣钟、宋哲元、鹿钟麟、刘郁芬任旅长。从这个时候开始，这五个人一直被称为冯玉祥的五虎上将，张之江为五虎上将之首。

第五章　北京政变　挥师西北

在第一次直奉战争中，吴佩孚获胜，支持曹锟贿选总统，建立起号称"中央"的北京政府。本来冯玉祥在第一次直奉战争中，立下汗马功劳，战后却受到吴佩孚排挤。曹吴统治腐败专制，冯玉祥不肯苟且投吴所好，致使粮饷经常受到克扣，官兵生活极为困难。冯玉祥及其将领对曹吴政权极度不满，随时待机而动，准备起事推翻曹吴政权。

在第一次直奉战争中遭遇惨败的张作霖卧薪尝胆，于关外积极扩军备战，建立起了强大的陆海空军。当他兵强马壮后，又不甘寂寞，想找个机会再与吴佩孚较量一下。

1924 年 9 月，第二次直奉战争的序幕拉开。孙中山在广东组建北伐军，发表了《北伐宣言》，以反对帝国主义、反对北方军阀为号召，提出了讨伐曹锟、吴佩孚，联合张作霖共抗直系。冯玉祥等待的机会终于来了，他与孙中山派来的代表密约"倒戈"，积极准备响应讨吴。

9 月 18 日，第二次直奉战争正式爆发。奉系大帅张作霖率二十万精锐部队，三百架飞机，十个重炮团，兵分三路，如洪水猛兽，扑向苍凉的古长城。千里边塞，一片枪声，直军边防队伍溃不成军。

直系大帅吴佩孚，自任讨伐军总司令，命令冯玉祥为第三军司令，负责迎击敌第三路部队。吴佩孚对冯玉祥的防范特别严格，派王承斌为监军，并密嘱胡景翼，如发现冯军有越轨行动，立即将冯部当场消灭。

赵博生把自己的担忧告诉了张之江："他们这一路北出热河，攻黑龙江，因地势险峻，天气严寒，大军前进异常危险，且服装、给养和弹药毫无接济，走得越远危险就越大。"他分析道："吴佩孚之所以这样安排，是企图将冯部消耗削弱于塞外，使之与张作霖交战而两败俱伤，如胜利则功归己有，对付吴佩孚的这种恶毒计划，最好表面上敷衍拖延，并不积极进军。"张之江对赵博生的洞察力和谋略深感惊喜，这与他的想法不谋而合。

张之江把赵博生的献策转告了冯玉祥，冯玉祥欣然同意。冯玉祥派张之江与胡景翼相约，待时机成熟，配合行动，发动政变，推翻北洋政府。

冯玉祥依计借故拖延进军日期，但吴佩孚不断催促，冯玉祥不得不命令部队于1924年9月21日陆续开拔，拉开距离，全军慢行。

张之江率部队为先锋，最先抵达承德，与奉军激战。冯玉祥接待了一个张作霖方面的代表，张作霖向冯致意，表示不愿与冯为敌，只要推翻曹吴，他们保证不向关内进军。

1924年10月17日，在滦平的行军帐篷中，冯玉祥召开了高级军事会议，他痛心地说："身为军人，当救国救民，外能御侮，内能保国安民，不能再为人之走狗，混战于内战战场，否则国家将亡。"将领们一致表示愿追随冯玉祥，共赴国难，不打内战消灭军阀，任何危难在所不辞。冯玉祥开始了秘密大调兵。

张之江领命后快马回到承德指挥部，把滦平会议的情况告诉了赵博生，拉住赵博生的手低声道："此事关系重大，万分机密，你替我参谋一下。"

赵博生听完，大喜过望，紧紧握住张之江的双手："旅长，这是舍小义，倡救国救民之大义。当今拥兵自重者，大多打着义字招牌而行不义之举。现在冯司令倒吴，休干戈，迎请孙中山先生到京主政，将实现真正的共和！当今之势，我认为只有孙中山先生的新三民主义能挽救中国，进而再争取国共合作后的一统中华。"

张之江频频点头："我们英雄所见略同。"

赵博生敬礼道："旅长，冯司令英明决策，我们当生死追随！"

张之江用力拍着赵博生的肩头："好，我没看错你！记得我的告诫，胆小不得将军坐！"

赵博生用力点头："为救国救民，赴汤蹈火，万死不辞！"

具体行动方案商定之后，张之江率领队伍自10月19日后动员班师，到 22 日午夜返抵北京，计程三百里左右，徒步行军，可谓神速。23 日清晨，在北京警备副司令孙岳配合下，冯玉祥的军队占领北京城，发动了令世人瞩目的北京政变。

冯玉祥这次革命，由于策划周密，行动迅速，于一夜之间，不放一枪一弹，鸡犬不惊，包围了总统府，囚禁了曹锟，控制了整个北京。这样大的行动，居民竟无一人知晓，曹锟也在睡梦之中。直到第二天清晨，北京全城贴满了安民布告，北京市民惊疑地看到满城都是佩戴"不扰民，真爱民，誓死救国"臂章的冯玉祥的士兵，这才意识到，一夜风雨，一夜剧变，一枪没响，改朝换代了！

直系要员纷纷逃入东交民巷，请求外国使馆保护。

冯玉祥驱逐末代皇帝溥仪出紫禁城。

人们奔走相告，民众精神为之大振。

吴佩孚与张之江为前敌总指挥的冯军在天津前线经过数天恶战，全线溃败，逃往长江一带。

北京政变成功后，推翻了军阀统治，冯玉祥将所部改称国民军，自任总司令兼第 1 军军长。张之江因为功勋卓著，升为国民军第 5 师师长。

冯玉祥的革命行动，得到孙中山先生肯定，孙中山先生发贺电祝贺。冯玉祥立即复电，请孙中山入京共商国是。

为了谋求中国的和平统一，解救民众的苦难，孙中山毅然接受邀请决定北上，并发表《北上宣言》，宣布对内要打倒军阀，对外要推倒军阀赖以生存的帝国主义，废除不平等条约，以谋中国之统一与建设。

赵博生欣闻孙中山先生决计北上，无比兴奋，他企盼着中山先生就位大总统，这样中国就有希望了。"三民主义"就像一盏黑夜中的明灯，他读了一遍又一遍，几乎可以背诵下来。那个时候他坚信，要救国必须实行三民主义，三大政策最适合中国国情，他自豪地以孙中山的信徒、三民主义者自居。

由于赵博生的声望和才能，他的职位也逐步提高，历任团参谋、团副、参谋处长、旅参谋长等职。北京政变后，赵博生担任第5旅参谋长，常对部下做讲演，他比喻说："中国好比将要倒塌的一座大楼，人们住在里面将有死亡的危险，这大楼必须落地重修，才能坚固。这是吾辈军人的天职！"

北京政变给赵博生造成了一种幻觉。他朦胧地感觉到，似乎这就是"重修大楼"的开始。但是这种幻觉并没有维持多久。

北京政变，冯玉祥成功"倒戈"，这本是一件大快人心的事情，可他却怎么也高兴不起来。因为，政变成功之后，冯玉祥已经许诺孙中山，请他来北京主持大局。可是，孙中山还没起身北上，与冯玉祥一起反对吴佩孚的奉系军阀张作霖，却与他分道扬镳了。

赵博生也敏锐地感觉到了北京的形势已经发生了微妙的变化。北京政变胜利后，张作霖的奉军却滞留北京不撤兵。张作霖直接违背了战前与冯玉祥达成的奉军不入关的承诺，反而大举入关，冯张各部冲突不断。这一期间，双方开始抢着收编和接收吴佩孚的军队和地盘，尤其是在直隶，冯玉祥与张作霖很快就在接受地盘时发生激烈的矛盾。

北京政变爆发后，张作霖一再联系并邀请段祺瑞，想利用其号召力和影响力加上各地皖系的残余势力，共同在中华民国政坛中分一杯羹。

段祺瑞返回北京上任，与张作霖协商当上了中华民国临时执政，排挤国民军，计划将冯玉祥驱逐出北京政坛。冯玉祥无能为力，只好称病辞职，于1924年11月25日通电下野。

就这样，北京政变一个月后，溥仪逃入日本使馆，开始卖国生涯；冯玉祥又遭张作霖排挤，被迫下野。三个月后，被冯玉祥邀请进京的孙中山因肝癌病逝于北京。民国政府，再度落入北洋军阀手中。

短短数月，政治风云突变，北京几易其主，这让年轻的赵博生一时无法接受，也无法理解，他不知道国家的命运将如何？不知道军队的命运将如何？更不知道个人的命运在历史的大潮中又将如何？

1925年春，段祺瑞为把冯玉祥彻底挤出北京，消除隐患，召唤已经宣布下野的冯玉祥，任命他为西北边防督办，并要他将部队整编为六个师，人数在十五万左右，取消国民军番号，称为中华民国西北边防军，简称西北军。这是冯玉祥的部队后来被称为西北军的由来。

西北是出名的苦寒之地，冯玉祥原本拒不受命，他不甘心就这样远离政治中心。中国共产党的创始人之一李大钊，是中国共产党最早认识到军事工作重要性并付诸实践的领导人之一。李大钊曾与冯玉祥多次会晤，共商救国救民大计。他指出，西北地区虽远离京津，但段祺瑞、张作霖势力也鞭长莫及，大有经营余地，同时背靠苏联，可争取援助，说服冯玉祥接受任职。

张之江、赵博生等众将也力劝冯玉祥接受任命。赵博生说："西北固然贫寒，但幅员辽阔，天高皇帝远，段祺瑞执政其奈我何？挥师西北，有利于发展我军，在发展中等待机会，保存实力，伺机东山再起，这是最好的选择。"

冯玉祥思虑再三，于是欣然受命，再度出山，到督办公署张家口赴任。

战火纷飞的余暇，偶尔出现短暂的和平，张之江、赵博生等西北军将领都非常珍惜。赵博生以自己的学识和远见，建议西北军屯垦戍边，保存并发展实力，他亲自写规划，绘图纸，身先士卒投入开发西北、建设西北的事业中。西北军修桥筑路，开荒种田，发展农牧业，植树造林，办学兴教，造福百姓，西北地区出现了人民安居乐业的新景象。

西北军也在军民共建中强大起来，甘肃子弟被大批征入西北军。

冯玉祥赴张家口就职之后，在李大钊的争取下，苏联政府通过了无偿援助国民军武器的决定。后来，李大钊又积极为冯玉祥的国民军进行活动，1925 年 6 月，国民军又得到苏联政府无偿援助的一大批武器。苏联政府还给冯玉祥的部队派来了顾问团和军事教官，帮助国民军进行军事训练，介绍苏联的革命与建设。

中共北方区委还先后派出二百余名干部，到冯玉祥国民军所属各部门和各地区工作。李大钊与冯玉祥在革命运动中结下了深情厚谊。冯玉祥对张之江和赵博生等人说："李大钊先生有远见，有学问。我对共产党人为革命事业着想，毫不计较个人名利的献身精神深表敬佩！"这是赵博生第一次接触共产党人，他对李大钊先生也充满了钦佩。

赵博生惊喜地感受着冯玉祥的变化，感受着西北军的变化。在李大钊对西北军和冯玉祥的帮助中，赵博生看到了李大钊历史眼光的深邃和思想价值的珍贵，更加感受到他革命精神的崇高和人格力量的伟大。面对多灾多难的祖国，李大钊表现出忧国忧民的赤子之心。辛亥革命后，面对封建军阀篡夺政权、新生的共和国有名无实的现状，李大钊不得不发出自己的"隐忧"和"大哀"，他忧国之所忧，哀民之所哀，下定决心为挽救"神州陆沉""再造中华"而努力奋斗，他大声疾呼中国人民用卧薪尝胆的精神进行抗争。他认为，同国家和民族的前途相比，自己的前途微不足道。这些思想都跟赵博生的思想相契合，赵博生感觉自己找到了知音，找到了导师，西北军找到了领路人！

第六章　天津大战　血战南口

　　此时，受进步势力欢迎的冯玉祥和他所率领的西北军，却被以张作霖、吴佩孚为代表的国内外反动势力仇恨和反对，他们在"讨赤"的名义下联合起来，矛头一致对准冯玉祥。两者之间已势同水火，两军大战的爆发已是不可避免。

　　自从北京政变吴佩孚倒台后，冯玉祥在北方唯一的劲敌就是张作霖的奉军。张作霖野心勃勃，咄咄逼人，乘吴佩孚倒台机会大举入关，抢占北方各省。冯玉祥早就感到这个巨大威胁，由于还不具备争雄实力，只能隐忍不发。而这时，千载难逢的好机会终于来了。1925 年 11 月，东北军第 3 军代军长郭松龄，因不满大帅张作霖勾结日本鬼子要与冯玉祥的国民军开战，愤慨至极，决定联络冯玉祥共同反张，派密使到冯玉祥军中求援。

　　冯玉祥热情接待了密使，通电响应郭松龄，痛斥奉系张作霖容忍日本鬼子的扩张行为和其军国主义的野心。

　　11 月 21 日晚，郭松龄发出讨伐张作霖的通电，亲率七万大军攻占山海关，夺取绥中、兴城，占领锦州。不料，直隶督办李景林突然背盟，向冯玉祥的国民军开战，天津战役爆发，冯玉祥无暇增援郭松龄。这场内讧，使在辽宁与张作霖正面作战的郭松龄陷入孤立无援的地步，最终在白旗堡战败，他和夫人被枪杀。

1925年12月5日，冯玉祥任命张之江为进攻天津前敌总指挥，自己坐镇张家口为总司令。张之江驰赴前方，次日发起向天津的进攻。李景林兵力超过张之江的部队六到七倍，而且训练有素、武器精良，天津战役打得异常艰苦。

天津战役是当时北方内战中最大规模攻坚战，战事之剧烈，为北方内战中绝无仅有，张之江率部经过十八天的浴血奋战打垮了李景林，最终占领天津，控制直隶省，功勋卓著。

战役中，赵博生表现出指挥若定的雄才大略，统率全旅以最小的伤亡，智取了运河大桥，切断了敌人的运输线。奇袭运河桥一战，张之江赞扬赵博生智勇双全，并通令全军嘉奖。

随着国民军和广东革命军革命势力的逐渐强大，全国各大小军阀认为冯玉祥与南方革命军遥相呼应，将来必成"红患"，视他为眼中钉。直奉军阀制定了先北后南的战略方针，即"先扑灭北方之赤化，然后再扑灭广东之赤化"。各军阀在"讨赤"名义下联合起来，发动对国民军的八面围攻，国民军处于四面楚歌的绝境中，处境十分危险。

冯玉祥自知不敌，这种八面树敌、孤家寡人的战略上的恶劣局面，就是神仙来了也无法挽救。冯玉祥为缓和矛盾，摆脱困境，让对方失去动武借口，于1926年元旦通电下野，将西北边防督办职务和国民军交给完全信任的张之江署理和统率，自己赴平地泉休养，计划之后去苏联。

张之江受命之时面临的是内外交困的形势，他不顾个人安危和得失，挺身而出接下这个烂摊子。在这种艰难时刻，很多意志薄弱的将领纷纷动摇徘徊，幸亏有赵博生这样深明大义、真正抱定救国救民思想而不记个人利益的将领在张之江身边。赵博生竭尽所能，为张之江出谋划策，应对各方面随时出现的问题，成为张之江的心腹知己。

冯玉祥走后，战争仍在进行。封建军阀对冯玉祥及国民军的仇视，并未因冯下野而有所缓和，相逼愈甚。

张作霖、吴佩孚、阎锡山等各派军阀，组成了"讨赤联军"，联合起来对付国民军，"讨赤联军"总兵力达到了七十万人，并拥有机枪一千挺，大炮九百门，占有绝对的优势。全体军阀从四面八方向国民军压了过来，国民军在五路军阀围攻下全线退却，被迫放弃天津、北京，于1926年4月15日从北京城撤退至北京西北郊区南口镇。

此时，赵博生已被擢升为西北军第二集团军23军的军参谋长。他与军长患难与共，肝胆相照。军长对赵博生极其赏识，非常佩服赵博生的人品、学识、谋略和襄助军机、英勇善战的才能，他常对人讲："博生是难得的帅才。"

南口，距北京四十公里，是古长城军事要塞，兵家必争之地。重峦叠嶂,险峰对峙,这里也是通往绥远的交通要道,地势险恶,易守难攻。南口阵地,是国民军经过很长时间构筑的一个阵地,由苏联专家指导修建,用苏俄军人现代战争的意识,结合中国战争实践,铸成的东方马奇诺式的坚固防线,蜿蜒百余里,深沟阔壕,前设电网,后埋地雷。

南口方面是主要战场,张作霖和吴佩孚的主力部队都集中在这一方面,并集中大炮和飞机轮番轰击。国民军浴血奋战,寸土不让。

1926年6月,奉军、直军又发动了第二次猛攻。张学良、张宗昌亲自坐着铁甲车到前线指挥,督促部下猛攻,除每天用炮轰击外,又派铁甲车天天接近阵地扰乱,官兵疲惫不堪。为了消除铁甲车的袭扰,赵博生联想到了古代战争中常用"滚木"和"礌石"作为武器来阻止敌人的进攻,杀伤力很大,于是他跟守军研究出一个办法,在南口车站搞了几辆铁闷子车,车内装满石头,敌人铁甲车再来,这几辆装满石头的车从高处滑下,将铁甲车撞翻在山沟里自毁。敌铁甲车再也不敢出现在阵地前了,官兵莫不拍手称快。

1926年7月18日,张学良、吴佩孚分别悬赏攻打南口者,与此同时,奉军在察北发动了猛烈攻击,并于7月20日攻占多伦,使国民军整个防线危机重重。张之江急调宋哲元率部从晋北驰援,将多伦收复,暂时稳定了局势。

张之江召集军参谋长及东西两路军司令开紧急会议,研究下一步作战方案。会上分析了当前形势,赵博生坦言:"虽然南口一次又一次取得胜利，但是总体形势对国民军很不利。从战略形势看，国民军陷于军阀日益收紧的钳形大包围之中，回旋余地越来越小。战争拼的是经济实力，打的是金钱，西北极其穷困，经济困难，几乎没有工业，武器弹药得不到补充，交通运输极不方便，连构筑工事的铁丝网都需要进口，弹药物资枯竭，金融储备消耗殆尽，已经快到山穷水尽的地步，长此以往绝对无法支撑下去，主要希望在于广东革命军早日出师北伐。"

张之江告诉将领们："冯先生曾派代表去广东，和国民政府仔细洽谈，达成协议，表示拥护革命运动，并代全军宣誓入党，督促广东革命军早日出师北伐。现在冯先生从苏联发来电报，广东国民革命军已誓师北伐。"

张之江把电报内容转达给全军："北伐开始，要求国民军承担起历史重担，在南口牵制吴佩孚的主力，以配合南方国民政府进军北伐。"

全军将领闻此消息十分振奋！赵博生带头表示："我们现在是为历史挑重担，一定咬紧牙关，拼死奋斗，配合广东革命军北伐，统一中国！"

广东国民政府 1926 年 7 月 1 日颁发北伐动员令，7 月 9 日誓师北伐。由于吴佩孚主力全部在南口战线，后方极其空虚。广东革命军一路势如破竹，攻城略地，迅猛前进。眼看形势严峻，但吴佩孚让复仇心理冲昏了头脑，面对无数来电告急，竟然回电给部下说："南口一日不下，则本总司令一日不南下。"

国民军的顽强抵抗、吴佩孚的偏执和狭隘给广东革命军制造了统一中国的重大机会。吴佩孚决心孤注一掷拿下南口再回师南下，这个决定是个致命的错误，导致了北洋军的最后灭亡和国民革命政府的最后胜利。

1926年8月1日晨，联军共十二万人向南口一线展开总攻击。全线几百门山炮、野炮、加农炮等重炮展开猛轰，炮、骑、步兵同时出动。国民军依仗坚固工事还击，战况空前惨烈，很多阵地都经过反复争夺，多次易手，国民军死战不退。联军见久攻南口正面阵地不下，再次从北路进攻多伦，从侧翼插进来，由于守将席液池中了敌人的离间计，多伦再度失守，国民军后方发生危机。

张之江立即召集参谋长及东西两路军司令开紧急会议，鉴于多伦失守，后路将被切断，南口不保，张家口危急，为保全兵力，免遭敌人包抄，当即决定实行全线撤退。

午夜，张之江招赵博生到总指挥部。

一纸总撤退令，摆在张之江面前。南口大战激战约四个月之久，西北军打得可谓艰苦卓绝！这四个月来，西北军饷项无着，武器弹药消耗殆尽，连粮食给养都难以供应，赖以维持生活的西北银行钞票最终都无法兑现。因处于三面包围之中，西北军伤亡过半，弹尽粮绝。张之江，这位英勇无比的爱国将领，这位传奇式的英雄豪杰，这位一心想拯救民众于水火的倡武先贤，历史无情地把他推上了军事统帅的巅峰，最后却只能出演蒙难者的悲剧。他难消胸中块垒!

赵博生望着自己敬重钦佩的张将军异常消瘦的面容,欲言又止。

张之江一声长叹,像是问赵博生,又像是问自己:"南口一战,所谓支援北伐革命,是用战争制止战争,抑或是一场新旧军阀混战的替代?欲救国救民,结果仍是国将不国,人民仍逃离不开内战的火海……"

赵博生异常痛心:"总司令,博生理解您的心情,我本将心向明月,奈何明月照沟渠!"

张之江只说了一句话:"我已下决心,再不参与内战!"

赵博生:"目前形势,已成定局,抽身撤退,迫在眉睫。总司令深谙兵法,于战斗的胶着状态中撤退并不容易,举措不能让对方察知,否则,会溃不成军。司令放心,博生已有良策。"

张之江重重地拍拍赵博生的肩头,表示了无比的信任。

1926 年 8 月 15 日,国民军开始总撤退。张之江在签发总撤退令之前,已接受赵博生计策,暗令 23 军赵博生部掩护全军撤退。

这是一场智败奉军的战例。23 军掩护全军安全撤退,赵博生不仅身入虎穴智败奉军,而且夺得了五十门大炮,赢得全军赞誉,成为西北军战史上的光辉战例。

南口战役冯玉祥部虽然战败,但历经四个月的激战,联军方面发射几十万发炮弹,付出五万多人伤亡的重大代价,损失惨重。吴佩孚作为北伐途中的一大障碍，此战牵扯了他极大的精力，他手下担任主攻的田维勤部战前满编六个旅五万余人，战后只余两个旅。而当北伐的国民革命军打到武汉地盘后，吴佩孚也只能用已经苦战数月的疲兵作战，最终被击败。可以说，南口大战虽败犹荣，它并不是完全以失败而载于史册，国民军在北京附近的近四个月的鏖战，长时间吸引牵制了直奉两系主力，致使南方空虚，为广东国民革命军北伐创造了有利的时机。

在这四个多月八面奋战的时间里，张之江将军英勇沉着，运筹帷幄，依靠刘汝明、宋哲元、赵博生、鹿钟麟等多数将领的沉着坚定和全体战士的训练有素、英勇奋战，多次击退数十倍于国民军的装备精良的军阀联军的进攻，倘非多伦失守造成不利局面，使国民军不得不退出南口，还不知鹿死谁手。

这一战，也使远在苏联的冯玉祥领教了军事近代化的重要性，对国民军以后的发展影响深远。

第七章　五原誓师　响应北伐

南口战役后，张之江下令，西北军向绥远、包头一带撤退，退回西北。

大军在赵博生等人率领的23军的掩护下，像潮水一样涌向晋西北。

突然醒悟的军阀联军，发现西北军溃逃，急调人马合围追击。联军凶猛地先挫大同，再败雁门，长安、宁夏、兰州被叛军包围。西北军真是进退无路，有人也就无法顾及"真爱民，不扰民"了。大部分西北军被奉、直军收编，其余溃军吃住无着，一个个变成了扰民、害民的土匪，他们烧、杀、抢劫，无恶不作。

赵博生等人率领的23军掩护西北军全军撤退后，也随大部队撤退，一路收罗了许多西北军溃兵。赵博生在路上便下令晓谕全军："此时是真爱民的重要关头，不许骚扰百姓，凡有为害百姓者，一律枪毙！"

23军一路秋毫无犯，到达宁夏。赵博生率部为百姓抢收庄稼，在阿拉善严惩乱兵，在贺兰山智歼马匪，名震宁夏。张之江总司令接到23军捷报之后，命令嘉奖："晓谕全军，以23军为楷模，再有败坏军纪者，杀无赦！"

国民军全军以23军为榜样，整肃军纪，严惩违纪乱军，一番整顿后，全军军貌焕然一新。

危难之时，李大钊先后三次电请冯玉祥回国，希望他收拾残局，整理旧部，配合南方的国民军北伐，冯玉祥慨然接受李大钊的建议。1926年8月，在中共党员刘伯坚、苏联顾问乌斯马诺夫等人的陪同下冯玉祥启程回国。

刘伯坚，四川平昌人，早年就读于成都高等师范学堂。1920年赴欧洲勤工俭学，1921年与周恩来等发起组织旅欧中国少年共产党，1922年转为中国共产党党员，入东方大学学习，任中共旅欧支部书记。1926年9月回国，应邀在冯玉祥部国民革命军任总政治部副部长。大革命失败后，被派往苏联军政大学学习。1930年回国，被派到中央苏区革命根据地工作，任中央革命军事委员会秘书长。1931年12月宁都起义后成立红5军团，任军团政治部主任，被选为中华苏维埃共和国中央执行委员。中央红军长征后，留在苏区坚持斗争。1935年3月率部队突围时不幸负伤被捕，壮烈牺牲。

乌斯马诺夫，原任苏联第3军军长。此次受斯大林派遣，任冯玉祥顾问团团长。他是莫斯科大学数理系高才生，懂五六种语言。

1926年9月16日，冯玉祥一行到达绥远五原（内蒙古巴彦淖尔市五原县）。赵博生奉命率 23 军在五原迎候冯玉祥一行。

此时，二十九岁的赵博生更显得成熟稳健，身穿呢子将校制服，腰系皮带，挂枪佩剑，斜披武装带，肩上的将军肩章闪烁着金色的光芒，显露着勃勃英气，威武而坚毅。

冯玉祥下车，向队伍走来。赵博生向冯玉祥行军礼。

冯玉祥紧紧握住赵博生的手，用赞许的目光望着他："我在苏联就一直听到有关你的捷报，你率 23 军掩护大军从南口撤退，一路上严格军纪，收罗士兵，保盐民，灭马匪，威镇贺兰山哪！"

赵博生很激动："多谢冯先生褒奖！您一向主张救国救民，真爱民，不扰民，博生都是遵照您的精神带兵。国民军全体官兵热切期盼您重整旗帜，重整河山！"

刘伯坚也与赵博生握手，称赞道："赵参谋长，我也多次听到国内的朋友提到你忠勇多谋，很是钦佩。"

赵博生谦虚地说："我对苏联革命还知之甚少，对信仰和主义还模糊不清，请您多多指教。"

冯玉祥指着赵博生身后队列整齐神采奕奕的官兵说："乌斯马诺夫先生，你看看，我西北军弟兄知我冯玉祥回国，都如众星捧月般奔我而来。我相信，只需我振臂一呼，集结十万大军绝非妄言！我治军刚柔相济，恩威并施，与士兵同吃、同住、同穿粗衣，没有军饷时，我给他们买地分租，官兵家境困难，我给他们往家寄钱。自信官兵对我冯玉祥尊重有加，我没忘记他们，他们岂能忘得了我啊？"

赵博生朗声道："唯冯先生马首是瞻！救国救民，万死不辞！"

赵博生身后的官兵们异口同声高呼："唯冯先生马首是瞻！救国救民，万死不辞！"

1927年9月17日晨，冯玉祥召集在五原的国民军将领召开会议。在共产党人的推动下，冯玉祥联合国民军第2军、第3军，组成"国民联军"，在大家的一致推举下，冯玉祥出任联军总司令兼第1军军长。

当日，五原县城到处贴满了红绿标语，千家万户燃起鞭炮，青年学生和广大进步人士排起长长的队伍，走上街头挥动着彩旗高呼"打倒军阀，打倒帝国主义"的口号。五原县城沸腾了，成群结队的百姓们一齐拥向县政府北面的广场。

上午12时，阳光普照，晴空万里。冯玉祥率国民军官兵万余人，在五原县广场举行隆重的、震惊中外的五原就职誓师大会。

冯玉祥一身戎装，气宇轩昂。他首先宣布："从现在起，国民联军全体官兵，全部参加到国民革命军的行列，参加北伐！军人们报之以热烈的掌声。"

冯玉祥总结剖析了过去受挫折的原因，他表示自己是在深刻反省之后对中国革命产生了新的认识，他到苏联看到革命高潮，才明白作为世界革命的一部分，中国不打倒帝国主义，不铲除卖国军阀，中国革命就不能成功。

刘伯坚也在大会上发表了热情洋溢的演讲，他说："自从鸦片战争以来，帝国主义疯狂地侵略和瓜分中国，使中国变成了一个半封建半殖民地国家，封建地主压迫和剥削劳苦大众……我们要想过好日子，就要起来革命，推翻三座大山，打倒军阀，打倒封建列强，铲除帝国主义，建设一个人民当家做主、繁荣昌盛的新中国。我们的官兵弟兄们都是贫苦工农大众，过去当兵为了谋生，不问为谁打仗。从今以后，我们就是革命的军队，要有严密的组织和严格的纪律。为人民而战，为建设一个新中国而战。"

这样鼓舞人心提高士气的讲话，官兵们还是第一次听到。讲话一结束，立刻响起了长时间的热烈掌声。

赵博生和全体官兵一样，无不听得热血沸腾。他感到光明就在眼前，希望就在眼前。

誓师大会后，全军游行开始了。冯玉祥扛着大旗走在队伍前列。国民联军从此走上了一个革命的崭新征程。

冯玉祥通电全国，发表了由刘伯坚起草的《冯玉祥五原誓师的宣言》。冯玉祥正式表明了参加国民革命的立场，宣布响应北伐。

第二天，冯玉祥成立了国民军联军总司令部和军务委员会，任命鹿钟麟为总参谋长，聘请苏联顾问乌斯马诺夫为政治军事顾问，石敬亭任政治部长，共产党人刘伯坚为副部长。后来又改任石敬亭为参谋长，政治部则由刘伯坚总领其事。政治部在刘伯坚领导和邓小平具体帮助下，选派了许多名共产党员、共青团员作为政治工作人员分赴各军、师成立政治处，担任政治训练、宣传教育和民运工作。

五原誓师，是冯玉祥在中国的大西北举起了武装讨逆的火炬，对于从广东开始的北伐战争，起到了有力的支持与配合。

冯玉祥决定亲自到包头见石友三、许长林、韩占元等旧部，以壮大国民联军阵营。张之江苦苦劝说万万不可去包头。冯玉祥问何缘故。张之江说："今天的事，是人心大变了！"冯玉祥十分感激张之江，但他去意已决，让张之江不必多虑。

冯玉祥动身去包头，张之江不放心，专门委派 23 军参谋长赵博生带卫队保护他们去包头。路上，遭遇了一群散兵游勇明火执仗，拦路抢劫。冯玉祥十分气愤，同时内疚、惭愧，几十年征战，国家还是这个样子，人民还是流离失所。赵博生略施小计，一马当先率领卫队打败了这群溃军。冯玉祥夸赞赵博生真像赵子龙大战长坂坡，智、仁、勇兼备。乌斯马诺夫也高度评价说："一场遭遇战，被赵参谋长迅速利落而又干净地处理了，真是将才，看他指挥战斗像是欣赏一篇杰作。"

冯玉祥在包头受到石友三、韩占元等部将的热烈欢迎。在冯玉祥的感召下，很短的时间内，石友三、韩占元、许长林以及宋哲元在热河训练的游击队、驻扎在归绥的韩复榘等一个个旧部率师投奔冯玉祥。

五原誓师后，冯玉祥搞了一段时间整军收将，之后，开始亲自抓思想政治教育。他学习苏联的经验，决心把部队教育成有主义、有革命信仰的部队。冯玉祥亲自挑选大学、高中和军官学校毕业的青年军人，把他们送到刘伯坚主持的训练班轮训。冯玉祥亲自讲授革命史，刘伯坚讲授三民主义。与此同时，中共先后输送了二百多名共产党员到冯玉祥部队，其中有邓小平、陈延年、刘志丹、宣侠父、安子文、方仲儒等，他们分别担任军、师级政治部主任。由于加强了政治机构，从而奠定了党对西北军的领导。

为了提高部队的政治和军事素质，冯玉祥又在五原开办了军事训练班，营以上军官每天都到总政治部听课。这种训练时间尽管不长，却使赵博生结识了共产党人，初步接受了党的纲领和政策启蒙教育。刘伯坚等共产党人还在部队中吸收先进分子秘密发展党员，建立党的组织，并公开印发马克思主义的小册子和政治课本，创办小报，发表纪念苏联革命和孙中山先生"三民主义"的文章，公开教唱《国际歌》。

这一切都在影响着赵博生。赵博生惊奇地看到，在短短时间里，军中面貌焕然一新，这支几经重创、濒于瓦解的西北军，又恢复了元气，军心比以前更加团结，部队规模扩大，战斗力显著增强，到处生机勃勃。赵博生的精神又重新振作起来。他敬佩这些共产党人，他感到和这些人在一起，革命顺心，有奔头，国家前途光明。

冯玉祥在驻地召开军事长官会议，进一步落实不扰民、真爱民，整肃军纪。23 师师长魏风楼是一个卑鄙无能、昏庸腐败之徒，无热血、无骨气、无学识、无胆量，唯一的本领就是投机钻营。长官、长官的老太爷、老太太、太太、姨太太做寿，他大送其礼，少爷、小姐过生日或结婚，也少不了一份厚礼。送礼不怕多花钱，拣最好的买，手眼通天。他对下却极尽克扣之能事，在西北军里，他是一个旧军官恶习的集大成者。

赵博生不跟魏风楼来往，曾几次劝告他，但他恶习不改，仍我行我素。此次，在冯玉祥总司令面前，他的发言冠冕堂皇，多是谄谀、溢美之词，令人作呕。颇有修养的赵博生，此时拍案而起："魏师长阿谀、奉承，以花言巧语掩盖其卑污的行径，岂是革命军人所为？请问，某军长老太爷做寿你送了多少礼？某司令小姐结婚你送了多少礼？你聚敛了多少钱财？几年来你克扣了多少军饷？你纵兵抢掠，又得了多少银圆？带兵不管兵，与众官佐拉拉扯扯，不讲同志友谊，只讲哥儿们义气，只知扰民害民，请问，你想把西北军带到哪里去？"

会场上鸦雀无声。将校们为赵博生的仗义执言、凛然正气而折服。冯玉祥圆睁二目，拍案而起。魏风楼无言以对，无地自容，十分尴尬。冯玉祥怒道："请魏师长到总司令部述职！"

1926年9月底一天的清晨，一直坚持闻鸡起舞的赵博生，像往常一样在营房外跑步。他多少年如一日晨练不止，除非战事繁忙的时候，其余时间始终坚持不懈，还要同士兵一起出操，风雨不误。他总是对官兵们说："身体是载知识之舟，也是报国之体，没有好身体怎能杀敌报国呢？"

跑完步，赵博生正在打拳，一招一式非常认真，又迅猛快捷。突然，背后一声喊："好身法！"

赵博生停下拳脚，回头望去，是总政治部刘伯坚部长在拍手称赞："赵参谋长不愧是文武双全！"

赵博生急忙迎上去，敬礼、握手："惭愧，无非松散下筋骨，请刘部长指点。"

刘伯坚说完发出一阵爽朗的笑声："沧州武林，称雄全国，谁敢指点？"

刘伯坚中等身材，眉清目秀，待人态度和蔼，脸上总是挂着微笑，不论军官还是士兵都和他谈得来，没有一点儿官架子。他在国外学习多年，学识十分渊博，口才特别好，讲话不用讲稿，滔滔不绝，很有鼓动性和说服力。他在广大官兵中广交朋友，赵博生、董振堂、季振同等就是这时相识的，并给他们留下了很好的印象。刘伯坚尤其器重赵博生的为人，在训练班里几次想留下他谈心，出于谨慎，加之赵博生毕竟是高级将领，军务繁忙，几次欲言又止。这次相遇，两个人边散步，边谈心。

赵博生说："这次五原誓师，意义太重大了。如果冯总司令不及时从苏联回来，我们西北军就像缺少了领头的雁，根本没有前进的方向。"

刘伯坚亲切地回答："军队的方向至关重要！军队需要

正确的方向，但不会仅仅因为一人而定，不能只凭个人意志决定整个军队的方向。不然，假如领导者个人的方向错了，整个队伍都会陷入困境，军队就成了个人思想的工具。"

赵博生若有所思，他内心被触动，沉默半天说："说得很深刻，这些年的戎马生涯，我辗转三大军阀的军队，也经历了国民军的几次沉浮，总感觉基本都是几大军阀混战而已，救国救民的旗帜都是政治外衣，济世为民的理想无法实现。"

刘伯坚："我很欣赏赵参谋长的忧国忧民，但是热血情怀如果能上升为一种信仰，那才是坚不可摧的，尤其对于整个军队而言，有了信仰才有力量，才有希望。大到整个民族也是这样。"

赵博生如在茫茫大雾中见到太阳，感到新鲜而深刻。他问道："刘部长，你在训练班常对我们讲主义，请问主义与纪律是什么关系？"

刘伯坚："我们强调纪律，但必须是建立在主义基础上的纪律才是可靠的。共产党人的铁的纪律就是建立在马克思、列宁主义的基础上的党的纪律。所谓主义，不能一个人一个主义，而是一个政党的信仰，也就是必须信奉一个主义。"

赵博生："我们现在的军队纪律建立在什么主义上呢？"

刘伯坚："现在我军纪律建立在孙中山新三民主义的基础上。但是又不容乐观，由于是旧军队改造，一些不讲主义、为大洋当兵当官的大有人在，所以，这种纪律很难持久。因此，我们的政治工作必须跟上，松懈了就有偏离主义的危险。

因为受革命局限性的束缚，往往会出现动摇。中国共产党的主义在于无产阶级在解放自己的同时还要解放全人类，有自己的纲领。"

赵博生不停地点头赞同。

刘伯坚又说："时势造英雄，但创造历史的动力永远是工农兵大众，他们是推动历史前进的动力，这也是马列主义的唯物史观。顺应了革命形势，民众自然、自觉地去参加变革。这次冯先生的行动就顺应了这种革命的形势，也就是客观变化，他的旧部自动归来，而且连同投晋的韩复榘、石友三等也率领人马重附于冯先生，你知道这是为什么？"

赵博生："这个问题我没有细想，应该是冯总司令的魅力所在吧。"

刘伯坚笑一笑，耐心解答："真正的原因，是因为革命形势发生了变化，民族矛盾在加剧，人们要求铲除卖国军阀，打倒帝国主义。南方国民革命军以摧枯拉朽之势已进入中原地带，冯先生乘势而动响应革命，这叫顺者昌逆者亡，谁也扭转不了历史前进的车轮！加之冯先生引用共产党的思维，改变了旧军队的机制。铲除卖国军阀，打倒帝国主义，统一中国，这是人民大众的共识，是将军、领袖的共同目的，也是民众与领袖的坦诚而又相同的目的。"

赵博生心潮澎湃："刘部长，现在咱成一家人了，就按照这个共同目标，奔向崭新的世界吧！"

刘伯坚紧紧握住赵博生的手。

短短三个月的时间，冯玉祥收罗旧部十万人，并注入了新的活力。国民军不仅恢复了元气，由弱变强，而且成为一支以国民革命为目标的新型军队，不断发展壮大为拥有近二十万人的革命武装。

　　李大钊先生派人给冯玉祥送来密件，建议国民联军出长安，回师郑州，一则可以阻断吴佩孚败退进入陕西之路，一则可以解西安、三原之围。

　　冯玉祥响应广东革命政府的北伐行动，按着李大钊"固甘援陕，联晋图豫"的战略方针，先后共分十路，除留一部分阻挡由京包线西攻的奉军外，其余全部进入陕甘地区，占据了陕西和甘肃两省，并进军河南西部。

　　1926 年 11 月 27 日，冯玉祥解杨虎城、李虎臣长达八个月之久的西安之围，打碎了张作霖消灭国民军、荡平北方的梦想。

第八章　蒋介石叛变革命
赵博生代理军长

　　冯玉祥的国民革命联军先解西安之围，而后准备兵出潼关，与北伐革命军会师中原。至1927年3月，北伐军先后攻占了杭州、南京、上海，长江中下游地区均被北伐军占领，夺取了半个中国。

　　此时，赵博生任31军参谋长，转战河南，策应北伐战争。赵博生看到了革命即将胜利的大好形势，对革命前途充满了信心，他以为希望变成了现实，心里激荡着一股春风。

　　然而，赵博生万万没料到，投机革命的蒋介石，在窃取了国民党的党、政、军大权之后，实行军事独裁的野心日益暴露，随着北伐的胜利进军，蒋介石更日趋反动。

　　4月12日，蒋介石悍然发动了震惊中外的四·一二反革命政变，大肆屠杀共产党员、国民党左派及革命群众，无耻地叛变了革命。从此，蒋介石和他的追随者完全从革命统一战线中分裂出去，血雨腥风掩盖了半壁河山，北伐的胜利果实被断送，轰轰烈烈的大革命被蒋介石的屠刀扼杀了！中国，苦难的中国，又一次陷入水深火热的暗夜里。

就在这时，李大钊在北京遇难的噩耗传来，全军上下无不悲痛万分。多年来，李大钊给了冯玉祥积极的帮助和支持，在共产党人有力的帮助之下，他才得以东山再起，部队从失败瓦解到恢复扩大，军心从颓废到振奋。5月1日，联军在西安召开了隆重的追悼大会，全体官兵佩戴黑纱，悼念这位伟大的共产主义先驱。

也就在这天，国民联军改为国民革命军第2集团军，冯玉祥宣誓就任国民政府国民革命军第2集团军总司令，刘伯坚任政治部部长。李大钊的牺牲，推动了冯玉祥出师参加北伐的行动。冯玉祥下令全军分六路开拨出师，合击吴佩孚在河南的部队。刘伯坚为鼓舞全军士气，把原来提出的口号编成歌词，在军中传唱："大军东出潼关去，不怕死，不偷生。打倒张作霖，消灭奉鲁军，会师中原入北京。"

1927年6月22日，冯玉祥与蒋介石在徐州举行会议。会议的结果，却出乎所有革命者的意料——冯蒋决定合作，联合反对共产党！

在当时，冯玉祥与蒋介石都拥有雄厚的兵力，在蒋介石看来，冯玉祥对他的拥戴，不但在军事上增加了声势，更为重要的是，在政治上提高了他的威望。在冯玉祥看来，蒋介石既有中央政府的凭借，手握政权、军权，只要与蒋介石靠拢，则一切困难和问题就会得到他的帮助。

冯玉祥回到郑州，即下令"清党"：全军各级政工人员，一律到开封受训及甄别，凡是共产党，一概脱离政治部；如有共产党仍欲继续国民革命工作者，须宣布脱离共产党而誓忠于国民党。令既下，首先解职的是中共党员、国民军政治部主任刘伯坚。另有四十余名中共党员被查出。顷刻间，军中革命空气遽然消散，社会科学的讲演停止了，共产党人的书报停刊了，赵博生所崇敬的大批共产党人被清洗了，有的黑夜失踪，有的被捕入狱。

赵博生对此感到茫然、痛苦、愤慨！他痛恨蒋介石，不满冯玉祥在徐州会议以后对共产党人的举动，常对有觉悟的官兵说："我每天都准备着死，在未死之前，活一天就坚决地为工农劳苦群众奋斗一天！"此时的赵博生又一次陷于深深的失望之中。

1928 年 1 月，蒋介石再次专程从南京到河南与冯玉祥相会。在郑州，两人交换兰谱，作了盟兄弟，相约结盟。

赵博生和冯治安此时驻军河南，冯治安已升任第 14 军军长。1929 年北伐结束后，冯治安进入陆军大学学习，走之前，冯治安力荐参谋长赵博生代理军长职务。

赵博生任代理军长的消息传遍全军，一时前来祝贺者众多。赵博生却力劝众人，礼物全退，不摆宴席。他说："感谢众弟兄厚意！博生与大家历经血雨腥风，以身报国，只求拯救民众于水火之中，不为高官厚禄。前日革命有望成功，蒋介石却突然中途背叛，令人发指！可叹我军轰轰烈烈之大好形势，竟毁于一旦，我等革命军人又将报国无门……"

众将领都有同感，叹息不已。

赵博生又正气凛然地说："最近，我写了一篇文章叫《救国救民之责任》，深感国家兴亡，匹夫有责。痛定思痛，我们应继续下定决心救国救民于苦难之中。那么出路何在呢？苦闷、徘徊都不是办法，弟兄们一定要振奋起来，刻苦自励，用刘伯坚部长的治军办法就是顶好的法宝！至于代理军长职务，有什么可贺的呢？我永远是一个平凡的军人，与大家战斗在一起。受治安军长的重托，我愿与弟兄们共同管理好队伍，请弟兄们还是叫我参谋长吧。"

赵博生一席话说得众将领心服口服，由衷地感到他身上有一股强大的人格力量。大家对代军长的信任倍增，激发了革命斗志。

1929 年，赵博生调任驻西安第 14 军参谋长兼特种兵旅旅长、西安城防司令、军官教导大队大队长。

赵博生驻守西安后，对连年混战进行了反思。他认真研究了孙中山的三民主义，认为三民主义能够救中国，于是，亲自写了一首《革命精神之歌》：

　　先锋！先锋！
　　热血沸腾。
　　先烈为平等牺牲，
　　做人类解放救星。
　　侧耳远听，

宇宙充满饥饿声。

警醒先锋，

个人自由全牺牲。

我死国生，

我死犹荣，

身虽死精神长生。

成功成仁，

实现大同。

　　赵博生花了八十块银圆，专门请了一位音乐教授谱上曲子，在他所掌握的特种兵旅、城防司令部、军官教导大队亲自教唱，以激励部属救国救民于水火的爱国热情和献身精神。

　　这支歌唱出了赵博生的心境，抒发了爱国军人的豪情壮志和革命理想，歌词热烈、冲动、高亢、激昂，虽然带有不少三民主义色彩，但其情绪颇受《国际歌》的影响。字里行间洋溢着要自由、要民主、要救国救民、舍生取义的忘我精神。这是赵博生的心声也是他的抱负。激动而热烈的情愫，感染了众官兵，使官兵感于心怀，同情民众，追求革命，为人类的自由解放和社会大同而奋斗，他们认识到只有跟着参谋长干革命才有出路。这支歌产生了非同一般的凝聚力，西安的14军全军都在传唱这首歌曲。

　　赵博生精神为之一振，他看到了广大士兵的力量，看到了广大士兵的革命性，看到了广大士兵向往光明的强大期望。

他意识到，要救国救民、建立统一的新中国，必须与广大士兵团结起来才有力量，靠一个人的奋斗终难成其大业。

赵博生虽为代理军长，却继续保持着刻苦自励的生活作风。他长期生活在旧军队里，并且做了官，当了将军，旧军队流行的许多恶习对他也不无影响，但他没有忘记"救民于水火"的初衷，能在一定程度上保持劳动人民的本色，保持比较艰苦的生活作风，这同生活在旧军队里特别是做官的许多人，感到死亡无常，过着及时行乐、醉生梦死的罪恶生活，有很大区别。

赵博生也没有沾染不良嗜好，酒烟必戒，不贪财，不好色。在西安时，他在日记中写道："妻丑无子，不再纳娶。"他的婚姻是祖母、父母包办的，妻子蔡云霞是老家人，个子矮，不漂亮，没多少文化，但他并没有抛弃她。他在西安的时候，已经身兼三四职，月薪达五百大洋，他除了吃饭，钱都用来买书和支援朋友，没有积蓄。他的好友当年找他谋生，他慷慨地说："有我吃的，就有你吃的，有我穿的，就有你穿的。"

赵博生也不向家里寄钱。1929年，家里向他要钱，他回信说："咱们家里生活比头几年好多了，有饭吃有衣穿就可以了。置地、拴马车、雇长工，都是地主的事情，我不赞成。我最恨那些克扣军饷的将军，刮地皮的官！我不能同他们一样，把不义的钱财寄到家里发大财，那是罪过！"赵博生把家庭看得很轻，目的是为了无牵挂地献给革命，正如他平时跟人说的："性命随时可以牺牲，家中无有顾虑。"

在私人生活上，赵博生尽量从俭，他随军不带家属。军官们经常劝他把夫人接到部队里来，早晚有个照顾。赵博生笑笑说："现在军阀未倒，军阀赖以生存的帝国主义未倒，你争我夺，把国家弄得乱腾腾的，革命比什么都要紧。把妻子接来是拖后腿，更麻烦，还是等到打倒了帝国主义、封建军阀再说吧。"

当时军队中安插亲朋的歪风很盛，赵博生对此很反感。他的弟弟找到西安，想让他在军队里给安排个好职位，赵博生坚决反对，他亲自出面把弟弟安排到西北实业印刷局当了一名普通工人。

1929 年，是赵博生的妻子蔡云霞唯一的一次来西安看望他。赵博生给妻子买了两件新衣服，都是用布料做的。那些身穿绫罗绸缎的地方官太太们见了，都笑话军长太太寒酸。

赵博生对蔡云霞说："你不要学那些什么官太太穷讲究，爱打扮，更不要学她们坐吃山空的习气。一个人不劳动生产，吃的穿的从哪里来呢？天上不会掉馅饼。"

赵博生把自己那些破的、旧的，甚至很难缝的衣服找出来让妻子缝补。

蔡云霞很吃惊："你都当军长，当司令了，这些破烂的衣服怎么还能穿呢？说出去，都没人相信。"

赵博生说："这衣服是老百姓的血汗换来的，你还是耐心缝补一下吧！"

赵博生平时常穿带补丁的衣服，在官兵中影响很大。有一次军官教导大队的士兵问他："赵参谋长，你是将军，有条件穿呢子军服，为什么偏穿带补丁的衣服？"赵博生回答说："我也喜欢穿呢子军服。没有重大军事活动，还是穿粗布军衣好，老百姓连这样的衣服还穿不上呢！"因此，赵博生在西北军中被称为真正不要钱的将军。他之所以能够清廉自守，能够出淤泥而不染，是与他同情劳苦大众，胸怀救国救民的抱负是分不开的。

蔡云霞没住几天，赵博生就动员她回家，他说："部队里忙，家里也忙，还是早点儿回去。"

蔡云霞很难过，自从成亲，两个人在一起的日子，十根手指头都能数得过来。

赵博生安慰妻子说："现在兵荒马乱，说不定哪天就打仗。等咱们国家变好了，富强了，我一定回去接你。"

城防司令部的军官们听说司令夫人要走，大家凑钱买了一匹蓝洋布，作为礼品送给夫人。赵博生命人把布退回，并对大家说："你们这是好心做坏事，我比你们工薪高，没有困难。即使有困难，我可以找你们帮忙，不要这样拉拉扯扯的！"

团长孙毅是河北省廊坊市大城县人，毕业于河南陆军军官学校，参加过北伐战争。他与赵博生是上下级关系，也是出生入死的战友，更是肝胆相照的朋友。1929年7月，赵博生派孙毅团长去河南、安徽出差。孙毅见去的地方有许多精细的端砚和石刻文具，他知道赵博生喜好书法，就自己掏钱买了套端砚和石刻文具。回到驻地，孙毅派勤务兵给赵博生送了过去。工夫不长，勤务兵又带着礼品回来了，并捎来一张纸条，上写："礼物见收，谢谢！却之不恭，受之有愧，仅留镇纸一对，其余奉还。"这件小事儿警示了孙毅一生。

赵博生的革命气节和道德品质，深深地影响了孙毅。孙毅后来与赵博生一起参加了宁都起义，走上革命道路，新中国成立后被授予中将军衔。

第九章　统率特种兵部队
拒投降怒上秦岭

赵博生是我军特种兵的创始人，可以称得上特战的先驱。在驻守西安时，赵博生兼任第 14 军特种兵旅旅长。这位西北军名将，后来率领部队起义已经是大家耳熟能详的事情，但鲜为人知的是，他还是中国最早的特种兵作战专家，他的起家部队就是西北军特种兵大队，后扩充为特种兵旅。这支部队可不是炮兵，而是全用手枪，专门从事袭击敌后、骚扰等任务的精锐部队。赵博生本人以旅长之尊带特种兵摸爬滚打，深得军心。

特种兵旅筹建阶段，赵博生调李青云任特种兵旅部副官长，主持教导团的训练工作，当时所属只有一个五百余人的教导团。

李青云，河北成安县贾庄村人。1920 年考入武汉军校，毕业后留校任教。1927 年蒋介石叛变革命，大肆捕杀共产党人和进步人士，李青云作为一名竭诚拥护北伐革命的活跃分子也在被捕之列。他只好化装逃出武汉，回到家乡。当冯玉祥所属西北军路过贾庄村时，李青云投身西北军，任23军军部上尉参谋，因工作认真，不久晋升为少校参谋。该军参谋长就是赵博生。李青云和赵博生性格相似，志趣相同，两人很快成为挚友。

李青云深知赵博生调派他的用意，积极在教导团灌输救国救民思想，带兵从难从严。在初期训练的一次演习中，部队赤脚涉过河流后，官兵正欲穿鞋上岸，这时李青云大喊一声："冲啊！"带头赤脚向荆棘丛生的山上冲去。官兵见此情景，士气大振，立即呼喊着，赤脚冲上山巅，抢占了预定目标。

为了使每个特种部队官兵都成为各项素质过硬的军人，赵博生制定了特种部队的训练宗旨：一是充沛的体力，二是单纯而坚强的意志，三是团队合作。战斗训练为一整套体能、灵活性和耐力训练，包括徒手格斗和自卫、野外生存等。

因为肩上的责任很重，需要他们有过人的本领，超乎一般人的忍耐力和毅力以及作战能力，赵博生带领教导团开启了极端训练模式。

训练过程非常严酷，不是常人可以忍受的。特种官兵早晨4点半起床，开始长跑和登山。长跑时，每个官兵都要负重不少于十块砖，而且五公里的距离要在二十五分钟内完成。这样的长跑晚上还要进行一次。

跑步结束后，就要开始被称为"铁砂掌"的训练，即掌击装满豆子的布袋至少三百次，然后掌击装满沙子的布袋同样次数。仅训练第一阶段，每个士兵就要掌击一万次，致使手掌布满老茧，变得没有知觉。在后面的训练阶段，肘、拳头、脚和膝盖也要进行这种"铁砂掌"练习。

战斗技能训练中，赵博生要求每一个特种兵熟练掌握各种武器，包括各种枪械、手榴弹、小口径火炮和各种刀具，徒手格斗更须技艺超群，这些使每个特种兵都能适应巷战、夜战，并能搜捕、脱险逃生。

最考验人的是野外生存训练，在多种复杂地形中，实施高强度、全方面、多科目演练，包括在敌后深度渗透和秘密侦察。训练模式通常是分成六人的小分队急行二百公里，他们出发前只能带必要的装备和最少数量的食品。穿越的地带到处是毒蛇和昆虫，饮用水需自己寻找，食物不够吃，常常只能以蛇、鼠和蚂蚁充饥。在如此复杂的条件下，小分队还要完成至少二十项不同的任务，如突击、抓俘虏、判断并避开敌人埋伏等。

到了训练的最后一天，很多战士的体力已经严重透支，最后他们要靠着顽强的意志才能生存下来，就是在这样的条件下，生存下来的人都是精英中的精英。

在赵博生和李青云等人的严格训练和思想政治工作的引导之下，特种兵旅教导团成为作战能力高超、战术精妙的精英队伍，被誉为第14军的"军魂"。

民国时期，陕西的土匪多如牛毛，那种三不管的地界，土匪最猖獗，勒索绑票，拦路抢劫，杀人越货，闹得全省农民不安，商旅裹足。陕南土匪为患尤为严重，其中千人以上的大股土匪有王三春、李刚武、沈笠亭、周寿娃、王志胜等十八股，当地群众称为"十八路诸侯"。百人左右的小股土匪与三五成群的散匪，更是数不胜数。赵博生亲率特种兵旅，一次次剿灭顽匪，保卫了古城西安，还一方百姓平安。

1930年，国民党新军阀混战的炮声不断，神州大地，硝烟弥漫。

在北伐战事结束以后，蒋介石与冯玉祥、阎锡山这种相互利用的关系，随着形势的发展，逐渐发生了变化，最终因为地盘、军队编遣等各自的利益而走向分裂。4月5日蒋介石在中央广播电台发表讲话，宣布阎锡山、冯玉祥已率部叛变，党国到了危急存亡关头。

当时阎锡山出任中华民国陆海空军总司令，任命冯玉祥、李宗仁为副总司令。冯玉祥在就职宣言中指斥蒋介石就是国家动乱不安的祸根，发誓要为国家除此祸害。这时，西北军的兵力共有二十六万余人，冯玉祥决计全部动员开赴前线，对蒋介石集团进行一次破釜沉舟的决战。

一场腥风血雨伴着炮火震动了世界，中原大战爆发了！这是中国近代史上规模最大、耗时最长的军阀大混战。从1930年10月，中原大血战最终以冯玉祥失败而告终。11月4日，冯玉祥将部队交给鹿钟麟、宋哲元，在太原通电下野，其主力部队在河南郑州等地被蒋介石收编。

中原大战，赵博生有幸未去参战，他所在的第 14 军奉命留守西安。

1930 年 11 月，杨虎城率师进入西安，要赵博生所部第 14 军投诚，接受蒋介石的改编。这时，摆在第 14 军官兵面前有两条路：或者是接受收编，实际上是缴械投降；或者是摆开阵势，与蒋军兵戎相见。

第 14 军孤军无援，处境危险。军长陈毓耀决定投降，听任改编，而参谋长兼西安城防司令赵博生不愿意再跟着军阀祸国殃民继续混战，决计另找革命出路，心里有了新的打算。

李青云也不肯为蒋介石卖命，找到赵博生，一改沉静寡言的性格，慷慨激昂，直抒己见。赵博生听后面露喜色，原来他们有共同的想法。于是赵博生、孙毅、李青云、郭如岳等好友开始了周密谋划。

军长陈毓耀率军向杨虎城移交城防。杨虎城听说陈毓耀素来好酒贪杯，实在想不到值此大乱之际，阖城安谧，井然有序，他颇感意外。杨虎城力劝陈毓耀留任，一起为党国事业奋斗。

陈毓耀婉拒说："我从军二十年，经此剧变，已心灰意冷，况且我有何德何能？军容整肃，治军严明，军民融和，全靠本军参谋长兼城防司令赵博生将军。此人是难得的将才！杨将军如得此人可谓如虎添翼。我去意已决，请将军不必再言。"

杨虎城对他的参谋长说："久闻赵博生大名，未得一见，参谋长，你与赵博生是保定军校同学，请你代我请赵博生将军过营一叙。"

城防司令部外面岗哨林立，警卫森严。

城防司令部大会议室，墙上挂着巨幅陕西地图。

特种旅十几名团长、参谋长围坐在会议桌两旁，都用期待的目光望着第 14 军参谋长兼西安城防司令、特种旅旅长赵博生。

赵博生心情沉重地向大家宣布："陈军长已厌倦内战，不受杨虎城封赠，辞军而去。昨天杨虎城派参谋长劝我投降，被我谢绝了。我认为我们不能交枪，那不过是由一个军阀转到另一个军阀手中，继续为军阀卖命，打来打去，仍然是军阀混战，祸国殃民！这是违背吾辈革命军人良心的。"

团长孙毅问道："司令，做何打算？"

赵博生慷慨激昂地说："我们特种兵旅军官教导大队共有五百多名骨干，是 14 军的军魂，你们一直随我作战，如果把这支队伍拉出去，逐步壮大，摆脱军阀控制，建立一支真正地为救国救民而战斗的军队，前途一定是光明的！"

因为赵博生平时非常注重在他的特种兵旅教导大队中灌输进步思想，此时这个大队已经具有初步的革命觉悟和爱国热情。教导大队人数少而精，毕业出去就是排长、连长。赵博生计划把这支队伍拉出去，逐步发展壮大，摆脱军阀控制，建立一支真正独立的为老百姓打仗的军队。

孙毅、李青云带头表示赞同。

赵博生指着地图上红色箭头所指向的汉中一域，充满信心地说："大家看，汉中是古军事家必争的战略要地，地理环境极佳，南连四川，北可图关中，西控陇右，东通荆襄，山川险固，物产丰富，是一个极为理想的革命根据地。大家如果相信我赵博生，我愿意带领你们离开西安，进驻汉中，另谋一条革命的出路。"

赵博生的想法引起全体教导大队官兵的共鸣，一致响应，一致赞同："跟着赵司令，休戚与共！"

赵博生大手一挥："好，我们借演习为名，把队伍拉出去，屯兵汉中！"

赵博生当众宣布，成立三民主义救国军。全体将领一致推举赵博生为救国军司令。

赵博生任命孙毅为参谋长，下辖三个支队，第一支队队长李青云，第二支队队长郭如岳，第三支队队长待命。

赵博生眼里闪着智慧的光芒，神采飞扬，高声命令："大家带各自的队伍饱餐战饭，整装待发！"

星光下，茫茫夜色中的西安古城只有一些依稀的轮廓，仿佛整座古城都在沉睡。

突然，一支队伍冲到古城东门。

城防部队原是西北军第14军的人，因杨虎城十分信赖这支曾是陈毓耀、赵博生带的部队，所以仍命原留守部队担当城防任务。

守城的军人喝问："哪一部分的？"

孙毅回答："城防司令部的。赵司令亲自指挥大演习，请开城门！"

他们见赵司令一马当先率领队伍，立即开了城门。

赵博生率部冲出城去，传令队伍跟紧，不要掉队，向汉中方向的户县进发。

天色亮了，东方现出了曙光。队伍疾行了几十里，西安方面并没有追兵赶来。赵博生异常兴奋，对孙毅说："这次带队伍远离军阀，到汉中开辟出一块咱们自己的根据地，逐步发展壮大，然后铲除军阀列强，打倒帝国主义，让中国独立完整，让人民过上好日子，真正实现富国强民！"

赵博生越说越激动，抑制不住激越的情绪，带头唱起了《革命精神之歌》："先锋！先锋！热血沸腾。先烈为平等牺牲，做人类解放救星……"

进军途中，李青云打前锋，一面侦察，一面行进，密切注视敌情，保证部队的安全。赵博生率领的三民主义救国军一路秋毫无犯，傍晚到了户县。户县县长出城迎接，并设宴招待。赵博生谢绝招待，让全军吃顿便饭，之后，赵博生让县长为部队筹些粮、款，搞了些毛毯、水壶等日用品，第二天兵进崂峪口，登秦岭向东江口挺进。

秦岭山岭自西向东排列，崖陡壁峭，巍然突起。赵博生立马眺望片刻，对孙毅说："这莽莽千里秦岭，必有土匪出没，地理环境复杂，需待侦察后方可进军。"

孙毅传赵博生命令，部队暂驻东江口待命，同时派出侦

087

察员，查明情况。

不出赵博生所料，这里土匪尤为猖獗，大大小小上百股土匪，各种番号和建制的混七杂八的队伍，不时出没于城镇乡村、山林草泽之间，为非作歹，蹂躏百姓，同时又弱肉强食，互相火并，占山为王，遥相呼应。赵博生的部队正好进入这个贼网。

赵博生率领的队伍势单力薄，只好退守深山。由于供给无着，特别是军粮无法解决，每天只能以苞谷、核桃为食，难为长久之计。这时，杨虎城部的参谋长那位赵博生保定军校的同学，闻知赵博生遭此境遇，便多次派人带着书信来联系，劝赵博生接受杨虎城的收编。

赵博生出于无奈，表面答应考虑，实际上赵博生和教导大队多数人员都不愿归降杨虎城部。赵博生为了保留自己的骨干，想把特种兵大队暂时遣散，化整为零，以分散的形式各奔前程，待以后遇机会再聚首起兵。全体官兵立下誓言："只要赵博生登高一呼，五百精兵立刻赶来归队。"

为了今后便于联系，临行前，赵博生命人印了一本名册，全体官兵留下通信地址，以备东山再起。这是一种类似于"同学录"的形式，每人除把自己的姓名、籍贯、通信地址填上以外，还有一栏是"誓言"。赵博生在"誓言"栏里写道："长期从事地下斗争，不达目的不止。"

李青云和郭如岳接受赵博生的意见，决定去山东投奔董振堂，等待时机另谋出路。

这次行动，实际上是赵博生为摆脱旧军阀另辟革命蹊径而做出的一次大胆的尝试、勇敢的抗争。失败最根本的原因是没有革命理论的武装和革命政党的领导。当时赵博生部打的旗号是"三民主义救国军"，就赵博生的思想认识来说，主观信仰还是孙中山的三民主义。虽然，他在1929年派心腹寻找共产党，但他对马列主义和共产党关于中国革命的理论，还只是初步接触，只有朦胧的憧憬，没有较深的认识。而这次汉中受挫却给了赵博生深刻的教训，迫使他不能不思考：国民党和三民主义救不了中国，靠少数几个人另立山头单枪匹马地干，毕竟势单力薄，难以摆脱根深蒂固的旧势力，那么，救国救民的革命主力军究竟在哪里？赵博生并没因汉中受挫而气馁，他还在继续探索。

　　队伍散了之后，孙毅回到家乡，他把赵博生写的《革命精神之歌》刻印了五百张，在当地散发。

第十章　拒改编离军赋闲
孙连仲邀请出山

　　郑州城内国民党第22路军总指挥吉鸿昌将军和交际处处长少将赵以元正在看赵博生拍来的电报，他今天到达郑州，专门来看望五叔，拜谒吉鸿昌将军。

　　吉鸿昌，著名抗日英雄，爱国将领。1913年入冯玉祥部，从士兵升至军长，骁勇善战。1932年加入中国共产党，1934年参与组织中国人民反法西斯大同盟，被推举为主任委员。同年11月，吉鸿昌在天津法租界遭军统特务暗杀，受伤被捕，被杀害于北平陆军监狱，时年三十九岁。

　　赵博生的五叔赵以元与吉鸿昌有八拜之交，两个人交情深厚。吉鸿昌早就听闻军中广为传颂赵博生的文韬武略，他对赵以元说："博生侄儿的雄才大略我非常看中，他在西北军中曾被冯将军誉为新秀可嘉，如果能把博生留在我吉鸿昌的第22路军中，我岂不是如虎添翼？"

　　赵以元很为博生自豪，便说："博生自小志向远大，投笔从戎之后就深怀救国救民的思想，如能投奔大哥，定能前程远大，我这个叔叔求之不得啊！"

这时，赵博生在副官的陪同下走进客厅。他在汉中与战友们分手之后，谢绝了杨虎城的邀请，带卫士孙芳桂悄悄乘火车来到郑州。赵博生给二位将军行了个标准的军礼，然后，紧紧抱住五叔赵以元，不禁满含热泪。叔侄二人多年未见，都激动不已。

吉鸿昌专门设了晚宴为赵博生接风。席间，赵博生讲述了自己驻守西安清剿土匪和拒绝杨虎城改编及率部怒上秦岭的经过。

吉鸿昌说："博生，你虽然在汉中受挫，也算是一次大胆的尝试，勇敢的抗争！依靠军阀救不了国，也救不了民，打来打去，民众还是逃不开水深火热。要想真正地找到一条救国救民之路，必须有探索精神，必须找到一条新路！"

赵博生频频点头赞同。

吉鸿昌说："我看明白了，三民主义也救不了中国，而今却被人弄成独裁的路了！这各路军阀，我看真正信奉的只有抢地盘主义，把中国打得千疮百孔，民不聊生，战乱何时休啊？"

赵博生没想到吉鸿昌将军竟然有如此远见，看问题一针见血，他深有同感地说："这次失败给了我深刻的教训，迫使我不能不思考一些根本的问题。我曾对三民主义抱有热切的希望，但是现实残酷，叫人不得不清醒。五原誓师之后，冯玉祥先生请苏俄共产党和中国共产党协助治军，中共曾在我们西北军中帮助我们走上光明之路，刘伯坚、邓小平等共产党人协助西北军要走上强兵救国的正确之路，我当时非常佩服共产党人的思想和精神……没想到蒋介石四·一二大屠杀，冯先生跟着'清共'，才使西北军又一次陷入低谷，直至失败。无比痛心啊！"

吉鸿昌说："博生，你我都是爱国军人，当心明眼亮，不能总被这些实质上的军阀蒙蔽。"

赵博生给吉鸿昌敬酒道："三民主义救不了中国，靠少数几个人另立山头单枪匹马地干，毕竟势单力薄，难以动摇根深蒂固的旧势力。博生征战多年，已厌倦内战，但革命之志不能磨灭，还要继续探索。我想到苏联考察，长些见识，寻找一条真正救国的道路。不知吉将军和五叔是否可以帮助我到苏联学习一段时间？回来再起兵讨贼。"

赵以元听了却摇头说："出国学习不是根本的办法，冯将军不是亲自去苏联学习考察了好长一段时间嘛，现在还不是又兵败下野了？这年头是实力政策。想救危亡，必握枪！要想干出一番事业来，还是得抓枪杆子！我劝你别着急出国，先在这里住下，等待机会吧。"

吉鸿昌接过赵以元的话茬说："我赞成以元的说法，要革命，必握枪！现在民族危亡，国家急需你这样的有志、有识之士，你我必须紧握手中枪，抓住部队，只要枪杆子握在我们手里，关键时刻终会有大用场！"

赵博生道："将军的话极有道理，博生听从将军安排。"

吉鸿昌："博生，别着急，你先住几日，很快就给你安排职务。"

赵博生趁此难得的闲暇时间，带上孙芳桂去了上海。他知道共产党的总部在上海，也许刘伯坚也会在上海，他此时多么渴望找到刘伯坚，多么希望找到人生新的方向。然而，上海之大，共产党的活动又极其隐秘，赵博生上海之行只能空手而归。

赵博生在郑州赋闲的消息，很快让驻山东济宁的国民党第 26 路军总指挥孙连仲知道了。孙连仲原是冯玉祥的部将，前不久接受蒋介石改编，成为国民党的杂牌军。

孙连仲，国民革命军二级陆军上将。在西北军最为强盛的时候，冯玉祥拥有兵力四十万，在冯玉祥的手下有十三位能征善战的大将，他们被称为"冯玉祥麾下十三太保"，每一个人都战功卓著。孙连仲便是西北军十三太保之一。

1930 年中原大战期间，张学良于 9 月 18 日通电公开表示拥护中央，拥护蒋介石，并派大军入关参战，冯军失败已成定局。10 月，冯玉祥离郑州北去。孙连仲率部到新乡，西北军拥鹿钟麟为总司令，孙连仲为副总司令。不久，鹿钟麟准备离部队去天津，孙连仲赶到火车上去挽留，无奈鹿钟麟执意要走，并请孙连仲收拾西北军残局。思虑再三后，孙连仲为了保住西北军最后的力量，派代表赴郑州谒见何应钦，表示愿意服从中央。10 月 18 日，孙连仲在新乡发出通电投蒋，被委任为第 26 路军总指挥，随后该部调山东济宁一带就势整编为第 25 师，孙连仲兼师长。

在后来的抗日战争期间，在娘子关战役中，孙连仲的三个师里，有两个师几乎全军覆灭。即便战斗达到了如此惨烈的程度，孙连仲依然对手下的官兵说："如果没有撤退的命令，我们哪怕战至全军覆灭，也要守住娘子关！"虽然战役的结果是失败，但是在战斗中，孙连仲却打出了一名中国军人应该有的热血和骨气。1938 年，台儿庄战役爆发，孙连仲的部队遇上了日军师团。一场喋血大战，他选择了诱敌深入，然后对该师团部队进行合围。围歼之前，为了激励将士们，李宗仁将军许诺给十万银圆作为奖赏。但是中国军队的战士们一致表示："只要抗战，不要银圆！"正是这种视死如归、坚决抗日的精神，孙连仲率领着部队配合李宗仁派来的第 2 集团军完成了对日军合围，在其部伤亡严重的惨烈激战中，歼灭了日军，国军获得对日作战的第一个重大胜利。台儿庄战役也成了孙连仲一生中足以名垂青史的一场战役。

孙连仲在率部接受改编时，蒋介石对这支拥有五万人的军队，却只给了一个"第 26 路军"的番号，而且改编之前，将两个骑兵师压缩为一个骑兵师，连同装甲列车、野榴炮和重迫击炮部队调出，脱离第 26 路军建制，把剩余的四个步兵师强令缩编为两个步兵师。明知这是严重削弱第 26 路军的兵力，孙连仲却对蒋介石毫无办法。

改编时，孙连仲不是两个师合编一个师，而是把他的嫡系 12 师编为第 27 师，其余 13 师、14 师、15 师三个师合编为第 25 师，原来的师编为旅，师长一律降为旅长。

这样的改编，两个师的实力悬殊。孙连仲的这种做法，当时人们叫作"打哭一个，哄笑一个"。所以，官兵们认为这次改编中既有蒋介石的险恶用心，又有孙连仲的亲疏远近；既有明枪，也有暗箭；既有公开整人，也有暗中使劲儿。一时间全军上下群怨沸腾。虽然广大官兵议论纷纷，但改编方案必须执行，这样的改编，军心可想而知。

第 26 路军比起蒋介石的嫡系部队，处处矮三分，士兵月饷只有嫡系部队的 70%。蒋介石对这个部队显然是不信任的，所以改编时只给它一个"第 26 路军"的番号，为的就是削弱它的力量。第 26 路军的官兵在早期的军阀混战中吃过蒋军的亏，收编后又备受歧视，心里对蒋介石都憋着一股怨气。

孙连仲的改编方案虽然强行落实了，但他的心情并不平静，正当他考虑下一步如何稳定大局要比改编更需费一番脑筋的时候，得知赵博生在郑州吉鸿昌部闲居的消息，他喜出望外！

孙连仲深知赵博生勇敢、机智、多谋善断，尤其擅长做参谋工作，抓教育、管理部队、襄理军务是一把好手，能够支撑全局。他来，一定会扭转第 26 路军的局面。不过任命总参谋长须经蒋介石批准，还要相应的授中将军衔，为此，孙连仲亲往南京晋谒蒋介石。

蒋介石正在为"围剿"红军失败斥责何应钦。十万大军到江西剿共，结果被红军四万人打得落花流水，国民党一个师部又三个多旅约一万五千人被红军歼灭。

孙连仲求见后说明来意，呈上关于任命赵博生为第26路军总参谋长、授中将衔的请示报告，并说："赵博生屡建奇功，做过军参谋长、西安城防司令、代军长，一直是少将军衔，不争名不夺利，被称之为'不要钱的将军'，在军中威信极高，论职论功他早应晋升中将军衔。况且现正在用人之际，得赵博生一人，便可助他治理好第26路军。"

何应钦听到孙连仲说赵博生现在吉鸿昌处赋闲，忙向蒋介石建议："久闻赵博生智勇双全，年轻有为，是一代人杰，吉鸿昌肯定要给他安排要职，如果这样，吉鸿昌更是如鱼得水了，不能让他捷足先登。"

蒋介石正想利用这支杂牌军到江西剿共，便同意任命赵博生为第26路军总参谋长，至于给赵博生加中将军衔，要等"剿灭共匪"后再做打算。

蒋介石让孙连仲转告赵博生，要尽全力报效党国，有机会他要单独接见赵博生。孙连仲回到济宁，派专人带着蒋介石的委任状到郑州请赵博生。吉鸿昌和赵以元无奈，知道留不住赵博生了。

赵博生虽然犹豫，但蒋介石的任命已经到了，孙连仲又一再派人三请五请，只好答应出任第26路军参谋长。

临别时，吉鸿昌语重心长地叮嘱赵博生："掌握好部队，以待时机。"

第十一章　开赴江西"剿共"
多次派人找党

赵博生走马上任。

孙连仲握着赵博生的手说:"哎呀,我可盼来了智多星,你就是我的诸葛孔明啊!博生,有你帮我治理军队,襄助军机,我就吃了定心丸。"

整编后的第26路军有两个师,六个旅。赵博生见第26路军军容不整,军纪不严,官兵们经常扰民,为整顿纪律、教育官兵爱国爱民,他上任后亲自兼任教育长,抓全军的教育工作。

赵博生为了进一步整顿军纪,逐步实现今后的理想,又组建了一支总部高级执法队。成员从教导团挑选,都是身高在一米七以上、身体健壮、品德优秀的下级军官。首批被选中的有:刘向三、孙步霞、云宗连、王振铎、胡梦祥、杨履元、杨百让、李可言八个人,最后增加到十三个人,并调来原教导团团长李可言任队长。

高级执法队的任务主要是负责总指挥部的安全保卫、总部内外情况的侦察处理、高级军官军风军纪的检查与纠正。

赵博生对执法队要求非常严格，外出必须穿戴整齐，扎好武装带，左臂佩戴高级执法队袖标，有别于其他部队。外出执勤，无论单人或数人，必须军容整洁，保持队形。执法队员事情不多，但权力不小，不论士兵或长官遇到执法队都很小心。这个执法队为整肃军纪起了很大作用。赵博生把这只小小的执法队牢牢掌握在手里。

一次，一位国民党少将因纠缠一名妇女，由执法队带到总部，被赵博生弹劾降级。后来，与赵博生同是盐山老乡的师长高树勋，他的部队在第二次"围剿"红军的中村战斗中伤亡较大，总指挥部令他撤军，他不撤，赵博生派了三位高级执法队员硬是把他拉回总部。当时高树勋将军不服气："这个仗打得窝囊，我不服！"赵博生亲切地对高树勋说："老乡，不要两败俱伤！"直到后来，高树勋终于体会到赵博生这句话含义很深。

1931年1月，就在第26路军整编刚刚完成之际，谁料春节还未过完，就接到蒋介石的命令，要第26路军赶赴江西参加对中央苏区的第二次"围剿"。蒋介石告知孙连仲，部队到达江西后才能发饷。

孙连仲对调往江西明显犹豫不决：一怕刚刚战败被收编，蒋介石会不会以调往江西为名中途缴械；根据第26路军的现状，又怕到了江西一旦被红军打败，又要落个"战败法办"的下场。既怕蒋介石暗算，又怕落个违令不遵；既不愿前往，又眼看全军衣食无着，处境非常尴尬。

孙连仲命副官请来总参谋长赵博生。经过赵博生在第26路军的一番整顿，军队呈现出一些新局面，孙连仲十分高兴，他对赵博生深信不疑，遇到难以决策的军机大事，他都请赵博生予以判断。

孙连仲开门见山问赵博生："我们去不去江西剿共？"

赵博生果断献策："不去的话，老蒋必以违抗军令处置；去，则是蒋介石排除异己、一石二鸟的手段。只能将计就计，走一步看一步，到时候，随机而变。"

孙连仲无奈，只好点头。

赵博生去找董振堂，关于去江西"剿共"的事情，想听听他的想法。原任第13师的师长董振堂，在第26路军改编时被降为第73旅旅长。

董振堂，字绍仲，1895年12月21日出生于河北省新河县李家庄村。他自幼跟父亲习武，那时正是八国联军侵略中国，董振堂目睹了帝国主义在中国领土上胡作非为，立志要从军报国。1920年入保定陆军军官学校学习，毕业后，入冯玉祥部队第2师任见习官。1924年10月，在与奉系军阀的作战中，董振堂率炮兵营一举击毁了敌方的装甲列车，被破格提拔为工兵团团长，不久又升任国民联军第4师第12旅旅长。1926年9月参加北伐战争，董振堂率部进入湖北，直插直系军阀吴佩孚的心脏地区，在樊城一举歼灭吴佩孚的司令部和警卫营。这以后，由于其出色的军事才能备受冯玉祥的器重和提携。1929年，董振堂出任第13师师长，授衔中将。紧接着，冯玉祥在自己的部队里"清共"，董振堂的师里也不例外，他对共产党人的遭遇深感惋惜。

赵博生和董振堂漫步在济宁郊外，边走边谈。董振堂愤愤不平："中原大战，弟兄们的血迹未干，现在又要去为敌人打朋友！这叫打的什么仗？博生，我就是不愿意去'剿什么共'。你呢，你对开往江西有什么看法？"

赵博生气愤地说："这是调虎离山，蒋介石想让我们离开北方，与红军作战，这样一箭双雕，两败俱伤，消灭我们杂牌军！"

董振堂问："你还记得西北军的刘主任吗？"

赵博生说："他是我一生中遇到的最令我敬佩的人！"

董振堂压低声音说："到了江西以后，想办法找找他。"

赵博生叹息道："是呀，我也想找他……我想起当年在郑州送别刘主任时的情景，我们二人握着双手，刘主任说的最后一句话'望君好自为之，咱们后会有期'，真盼着能后会有期呀！"

董振堂："好，咱们分头去找，但一定要保密！"

两人一致认为就当前的形势，只能在开赴江西后寻找共产党，找到刘伯坚是将来的出路。

蒋介石南调第26路军的命令一下，广大官兵其不满之强烈程度，远远超出了上次改编。士兵们说："这是调虎离山啦！""这是借刀杀人啦。"北方人到南方严重的恐慌心理涌上每个官兵的心头。有的人说："南方山高路险水流急，说话不好懂，生活不习惯，瘴气可以毒死人。"广大官兵自上而下，自下而上，牢骚满腹，一片谩骂声。但是，军令如山，反对任你反对、不满任你不满，开赴江西的命令必须执行。

1931年2月，第26路军以董振堂的73旅为先导，共两万多人从济宁一带开拔了。载满了第26路军官兵、武器、装备、弹药的列车，一趟跟着一趟向南开去。但在前进途中，还是不断有人逃跑。

队伍开到浦口，接受了蒋介石的检阅。蒋介石为了收买人心，把第26路军高级将领请到南京，迎进南京最好的中央饭店，一连几天设宴招待。蒋介石这一招，的确迷住了一些本来就贪婪的人。他们认为跟随冯玉祥多年，南征北战，流血流汗，但从来没有这样的享受，只有蒋总司令这样优待我们。有的当场向蒋介石表示，今后一定要效忠蒋总司令，从而讨得了蒋介石的信任。但赵博生、董振堂、季振同等人看透了蒋介石分化瓦解第26路军的险恶用心，便不辞而别提前回到自己的部队。为了使第26路军早日开赴前线，听从其指挥，蒋介石又加封了孙连仲一个"江西清乡督办"的头衔。

在队伍离开浦口时，蒋介石又借故将第26路军的骑兵和炮兵留在江北，脱离第26路军建制，这就再一次削弱了第26路军的实力。经数日行军，3月初，第26路军到达江西南昌，这时正是蒋介石调集大军准备对红一方面军再次进行"围剿"的最后准备阶段。

第26路军到达南昌后，在这里停了几天，蒋介石这才第一次给这支新收编的杂牌军发了饷。但广大官兵盼望已久的第一次军饷却只发了应发军饷的65%。而和他们驻在一起的蒋介石的嫡系部队，都是按月发给十足的军饷。第26路军一名上尉发到手的仅三十元，而蒋介石嫡系部队的一名上尉每月能拿到八十元。相比之下，嫡系部队的武器、装备、弹药都比第26路军强得多。非但如此，军饷一发，蒋介石就下令第26路军迅速开赴前线，而且要为参加第二次"围剿"的国民党嫡系部队去打头阵。广大官兵愤懑地发牢骚说："发这几个臭钱，就要买弟兄们的命哩！"

蒋介石准备发动对中央苏区的第二次"围剿"，调集总兵力达二十万人，任命军政部长何应钦任"陆海空军总司令南昌行营主任"，对红军严密封锁，逐渐紧缩包围圈，以期彻底消灭红一方面军，摧毁中央苏区。

红一方面军经过第一次反"围剿"的胜利，诱敌深入的战略方针已被广大军民所接受。虽然当时红一方面军仅三万余人，和蒋介石的兵力相比悬殊，但经过胜利后的休整，斗志旺盛。地方军、赤卫军、少先队在第一次反"围剿"中均得到了加强，苏区进一步巩固和扩大，广大人民群众热烈拥护和支援红军。

1931年3月28日，国民党南昌行营下达总攻击令，限各部4月1日开始分路向苏区攻击前进。行动之前，第26

路军把蒋介石的"进剿"计划发到了各团，将领们认为，这样的部署，必然要在作战中充当炮灰。

在蒋介石的军队屡屡被歼的不利形势下，赵博生曾多次向孙连仲建议："应尽量避免与红军作战，不要两败俱伤。"

董振堂和赵博生的主张不谋而合，他率73旅作为25师的开路先锋，根本不想和红军作战，他不愿让弟兄们去为蒋介石卖命。于是，他经常上报一些假情报，今天说"前边什么地方有红军主力"，明天则又说"两侧什么地方有大批红军"，作为迟迟不前的理由。所以使得25师在推进途中几乎没有和红军接触过。但情报是要逐级上报的，一直要报到南昌行营。二次"围剿"中，蒋介石亲自到南昌督阵，逐渐发现73旅的情报和其他部队的情报出入很大。蒋介石认定是指挥官假报军情，借故不前，马上给第26路军发来电报，责骂董振堂"贪生怕死，畏缩不前"，并威胁说："如不改过自新，将功补过，定军法惩处。"

27师则自向苏区进犯以来，一直积极推进。其前锋进至中村附近，被红军四面包围，师部几乎被歼，一个旅被消灭过半。这时，孙连仲才接受赵博生的建议，命27师火速撤兵。但师长高树勋怕落个战败被处罚的下场，一时不肯撤下来。赵博生遂命令四名执法队员赶赴27师前线指挥部，不容分说，把高树勋拉回总指挥部，余部逃回乐安。在27师被歼的当晚，25师撤回宜黄。

宜黄是中央革命根据地。这里和国民党统治区的政治气氛大为不同。官兵们看到红军留下的大标语感到政治内容非常新鲜，引起他们极大的兴趣。墙上的标语多是用石灰水写的，虽然字体不一，但几乎满街都是。标语的内容大体是："打倒帝国主义！""打倒国民党蒋该死！""打土豪，分田地！""欢迎白军弟兄们拖枪来当红军！""士兵不打士兵，穷人不打穷人！""红军官兵伕生活一样，白军将校尉待遇不同！"官兵们看了这些标语，思考良久。

第26路军在参加蒋介石发动的对红一方面军的第二次"围剿"中首战受挫，在军事上受到了很大打击，实力大大削弱，而进入革命根据地后的环境，对这些本来就不愿到南方来打内战的广大官兵来说，在思想上又发生了很大的变化。士气更加低落，思想更加复杂，反战情绪更加高涨。

早在第26路军开往反共前线的同时，赵博生的思想就陷入深刻的矛盾之中。他知道，红军是共产党领导的军队，苏区是共产党的革命根据地，现在要去进攻苏区，把枪口对准红军，红军真像蒋介石宣传的那样青面獠牙、十恶不赦吗？大革命时期那些共产党人的影子，以及那时候西北军在共产党人的帮助下生动活泼的军队生活和令人鼓舞的战斗情景，又再现在他的眼前。

几年来，赵博生经常回顾这段生活，想起刘伯坚主任以及许许多多朝夕相处的共产党人。经过几次挫折和失败，他愈加感到共产党人方向的正确性和人格的伟大。1929年，当他还在西安驻防的时候，曾经暗地叫他的心腹朋友张志诚找共产党联系，他对张志诚说："据我考察，共产党在西北军中的所作所为，他们是真想革命的，我们与共产党取得联系，可能是一条生路。"并嘱咐张志诚说："什么时候找到了共产党，赶快和我联系。"但因为当时共产党处在秘密时期，没有联系上，他只好搁下此事。然而，共产党人的影子和那种使他倾心追随的大革命的气息，始终没有在他心中熄灭。

当他奉命开往江西"剿共"的时候，这种往昔的记忆在他的脑中更加活跃起来。蒋介石、国民党已使他感到厌恶，"剿共"是他所不情愿的，但是军令如山，下一步怎么办呢？根据他在部队中的威信和号召力，以及其他方面的一些因素，他是可以掌握一部分力量的。但是，即使如此，又将如何行动？汉中那场失败，余痛犹存，不能不记取。如果不能找到一条正确的道路，仍将一事无成。

现在第26路军开到宜黄，此处苍松翠竹，一派江南风光，已是接近中央苏区的前沿地带，赵博生也留意到各处墙壁上留有的红军标语。他既激动又不安。但是，人地两生，共产党在哪里呢？看来事情不像想象的那样简单。经过一番苦苦思索之后，他毅然决定：找共产党去！

赵博生找个理由，亲自去了一趟上海，因为当时人们都知道共产党中央就在上海，找到了刘伯坚就找到了共产党，找到了共产党，第26路军就会有新的生路。然而费尽周折，始终没有探出眉目来。

赵博生回来后，又派心腹参谋李青云外出寻找刘伯坚等人。因为董振堂与赵博生有同乡、同学之谊，秦岭受挫后，李青云按照赵博生的推荐来投奔董振堂，董振堂便安排李青云在他的 73 旅任旅部少校参谋。

李青云和赵博生一起共事多年，是同生死共患难的知心人，他同意赵博生的想法，接受了去上海的任务。但当时党组织的活动处于秘密时期，李青云在上海没有组织关系，偌大的上海去哪里找啊？虽然尽了最大的努力，也只得乘兴而去，败兴而归。

第十二章　首战失利进驻宁都
北上抗日遭遇拦阻

第 26 路军在中村战斗失利之后，历经半个月的作战，红军从赣江河畔一直打到闽北山区，横扫敌军七百余里，连打五个胜仗，歼敌三万余人，痛快淋漓地打破了蒋介石发动的对中央苏区的第二次大规模的军事"围剿"，巩固和扩大了中央苏区。

1931 年 7 月，第 26 路军进驻宁都县城。

宁都是中原先民南迁的早期居住地和集散中心，是赣南粮仓，自古就有"纵使三年两不收，仍有米谷下赣州"之称。

宁都东邻广昌县和石城县，南接瑞金，出城十里就是游击区，三十里之外，就是红军控制的天下了。可以说，宁都是中央苏区革命根据地的一个小白点儿。

第 26 路军进驻宁都后，由于蒋介石在第二次"围剿"中部队受到很大损失，加之舆论上的压力，暂时没有再立即发动"围剿"。这时，战争形势相对稳定一些。然而，26 路军的内部矛盾便突显出来。

第26路军的士兵多为劳苦群众，他们的来源不外乎是贫苦农民，由于生活无着，饥寒交迫，为谋生来当兵，还有被抓壮丁的，来到国民党这样一支杂牌军中，始终过着暗无天日的生活。军官拿士兵不当人看待，打人骂人成为习惯，开口就骂，抬手就打，好像不打人不骂人不算治军有方。军阀作风严重，打骂体罚，使士兵们怨声载道。每天早晨，哨声一响，士兵们就得起身，急忙做好准备，跑步去集合，班长拿着棍子在门口等着，动作稍微慢一点儿，马上就是一棍子，还得忍痛跑向集合地。跑完步，只给五分钟的吃饭时间，然后做基本操练，每个士兵都累得满头大汗。接着是四式刺枪，四式劈大刀。一切动作要求士兵整齐划一，否则就是体罚。由于吃的是发了霉的大米，士兵们吃不好也吃不饱，一会儿就举不起枪，拿不起刀了。

进入江西苏区以后，士兵们看到红军留下的标语，通过被红军俘虏后放回来的士兵们的反应，得知红军中官兵一致，待遇平等，这使他们对第26路军的军阀作风痛恨不已。有人说："真不如开小差当红军去！"也有人说："什么时候能离开这座地狱，有个出头之日呢？"

更严重的是水土不服，生病死亡威胁着士兵。

西北军大多是北方人，来自陕西、甘肃、河南、河北，到了南方水土不服，加上饮食习惯又不相同，很多人不适应，泻肚子。正遇上梅雨季节，十天半月见不到太阳，经常淅淅沥沥地下着小雨。有时候雨虽然停了，但湿漉漉的空气似乎能拧出水来，什么东西都发霉、长毛，人们的心也好像长满了密密麻麻的霉菌，整天愁眉苦脸，打不起一点儿精神来。由于生活环境的不适应，导致生病的人很多，有的打摆子，发冷发热，高烧四十多摄氏度，有的长疥疮。因为南方蚊虫多，雨水也多，蚊虫咬了之后雨水一浇，伤口便化脓溃烂。很多人都感染了这些病，部队的医疗保障又很差，得不到治疗。有了病，不准假，待病严重了，才准去看病。士兵提心吊胆，谁都怕生病。从南昌运来的药，基本上都是假药，士兵们服了假药大批死亡，而且死亡的人数越来越多，从开始每天死几个人，到后来每天死几十人。

部队为解决吃面粉的问题，把所有马匹集中起来，从南昌运面粉，后来由于骡马也不服水土，差不多死光了。运面粉时因为路途远，而且雨水多，面粉被雨水淋湿，等运到宁都后，好些都发霉了，士兵们就只能吃这些发霉的面粉。在这样的情况下，生病和死亡的人就更多了。初到宁都时，每个连队有九十多人，最后只剩了五十多人，而有的连只剩下三十多人。宁都县城北门山坡上埋满了尸体，一开始，还插个牌子写名字，后来名字都不写了。

大批士兵的死亡，加剧了军官间的矛盾。"喝兵血"的现象在军阀部队里向来就有，一些军官"吃空名字"，就是士兵死了不上报，把死的一个个士兵的薪饷装入私囊，多死一个，他们就多得一份薪饷，所以他们愿意多死几个，这是旧军队的传统，也是众所周知的，士兵们把这叫作"喝兵血"。

这种事情多发生在营、连级军官当中，上级军官对这种事情大多装聋作哑，不闻不问。然而有部分爱国爱兵的军官，对这样的做法却恨之入骨。有许多高级军官多次请求蒋介石换防，蒋介石只是口头答应，却不见行动。

1931 年 9 月，日本帝国主义发动了九一八事变，悍然侵华。由于蒋介石严令不得抵抗，极力推行"先安内，后攘外"的卖国内战政策，几十万东北军不战而退，结果在不到半年的时间，整个东北三省一百多万平方公里的土地被日军占领。

东北的沦陷激起了全国人民的无比义愤，很快就在全国各地掀起了声势浩大的抗日救国运动。中国共产党发出抗日救国的号召，全国人民一致要求抗日救国。

驻扎在宁都的第 26 路军官兵不愿打内战，纷纷要求回北方参加抗日。孙连仲受冯玉祥影响多年，也有一片抗日救国的热情，他见官兵士气高涨，也向蒋介石发电报，要求统率第 26 路军北上抗日。蒋介石复电"原地待命"，并威胁说："攘外必先安内。侈言抗日者杀勿赦！"

第 26 路军广大官兵的反蒋情绪被严重激化，整个军队就像一个火药桶，大有一触即发之势。

这一天，孙连仲如热油浇心，愁眉不展。自从年初，他奉蒋介石一纸电令，带着第 26 路军二万余众到南方的江西"剿共"，大半年时间里，损失掉近万人马，下面的广大士兵和军官都不愿替蒋介石卖命打红军，照这样下去硬守在这儿，打又打不得，走又走不了……

孙连仲正一筹莫展，总参谋长赵博生进来。孙连仲望着这位自己亲自从吉鸿昌那儿请来的参谋长，殷切地说："博生，自冯先生下野，咱们便成了没奶的娃儿，带着几万弟兄能混到现在实属不易。你能文能武，德才兼备，我是充分信任你的，快把你的聪明才智拿出来，第26路军这样下去会前途尽毁呀！无论如何，我们都要想想办法保留住西北军这支唯一的血脉。"

赵博生长叹一声："现在这情形，恐怕诸葛孔明在世也无能为力！今早又抬出去几十号弟兄，咱们的士兵大都是西北一带的人，在江西这潮湿闷热之地伤的伤，病的病，死的死，损失惨重。我看，情况还会越来越糟。"

孙连仲咬牙说道："博生，你也知道，杂牌军都这样，谁叫我们是人家的手下败将，被人家拿来当枪使呀！咱能有什么办法，能不遵命吗？"

赵博生顺势劝道："被人家当枪使，既然总座能看明白这一层，我就大胆说说我的建议。目前日寇侵占我东北，官兵们的抗日情绪非常高涨，都要求回北方，去抗日，何不趁此机会想想办法？"

孙连仲在屋子里不停地踱来踱去，半天后说："蒋总司令已经命令我们原地待命，硬要抗令回去，能达到目的吗？是个什么后果，你想过吗？"

赵博生挺了挺胸，凛然正气地说："您是第26路军的总指挥，众愿难违，众怒难犯，这是最好的借口，回北方，打日本，保家园，这是最好的理由！我知道，总座也不想再待在这南方异地与红军拼队伍，耗实力。走，这是唯一的出路。"

作为第 26 路军总指挥的孙连仲，也完全看出蒋介石是利用杂牌军与红军作战，妄图达到两败俱伤之目的。孙连仲深深感到，第 26 路军驻在江西只有死路一条，他也很想把部队拉回北方去。

孙连仲还在考虑，董振堂进来，向孙连仲敬礼道："总座，参谋长的话我都听到了，我完全赞同！现在国家命运处在生死存亡的关头，军人的真正职责是什么？宁可战死在抗日的沙场，也绝不当亡国奴！"

孙连仲审视一下董振堂："那，这次真要把队伍拉回去，你能全力冲在前面？"

董振堂毫不犹豫地回答："这个先锋我当！我 73 旅的将士，愿为抗日流尽最后一滴血。"

孙连仲点头："那好，既然官兵一致，都不愿困死在这里，给蒋总司令的通电我来拟。"

赵博生和董振堂相视而笑，这次的配合相当默契。

孙连仲以抵抗日寇侵略为借口，利用广大官兵反对内战、要求回北方打日本的军心，以第 26 路军全体将领的名义通电蒋介石，希望获准。但他知道，蒋介石是绝不会允许的，所以，就在广大官兵的呼吁下，没等回电，便命令 73 旅作为全军的先头部队，全军离开宁都，立即拔营北上。孙连仲这一举动，在第26路军中深得人心，个个喜笑颜开。

但谁也没料到，就在队伍刚刚离开宁都六十里，到达胡嘴岭时，蒋介石就发来电报，对孙连仲的擅自行动严厉斥责，并命令部队立即返回原防，不得有误。

赵博生同董振堂商量，决定按照"将在外，军令有所不受"，依旧照原计划北撤。

突然，前方枪声大作，官兵们迅速散开，隐蔽起来。先锋营营长气喘吁吁跑过来向董振堂报告："旅长，前面是朱绍良的部队对我们开枪警戒，他们说，没有蒋总司令的命令，第26路军不得擅自撤离防区，否则后果自负！"

董振堂："看来，他们早有防备呀，来得真够快！"

站在董振堂身边的赵博生说："这足以表明，蒋介石根本不信任我们第26路军，早就派嫡系部队对我们严盯死守。走，我去跟他们讲，我们没别的目的，离开这里就是去北方抗日。只要有血性的中国军人，都应该拿起武器去打鬼子，而不是将枪口对准自己的同胞！"

董振堂摆摆手，示意赵博生不要轻举妄动，他用望远镜仔细观察着这里的地形地势，对赵博生说道："朱绍良是老蒋的嫡系，也是我们在中原大战时期的老对手，老蒋既然派他来了，一定是奉了死命令，要把我们堵截回去。这小子很狡猾，懂战术。你看，这一带群山连绵，道路狭窄，是过广昌的必经之路。他们把阵地设在前面的山隘口上，只要有一营人马，守个十天半个月不成问题。"

赵博生也拿起望远镜观察了一番："他们所占地势的确有利，但从战术上讲也不是无懈可击，如果我们派两支精干小分队，从隘口两侧迂回到他的后侧，给他一个突袭，再加上我正面部队佯攻配合，拿下这个隘口不是没有可能。"

　　又有人赶来报告："旅长！朱绍良又派人传话，要我们回去，不听命令就开打！"

　　参谋刘振亚怒道："朱绍良凭什么阻拦我们？看来不给他点儿厉害瞧瞧，他是不会放行的。旅长，下令打吧，闯过去！"

　　董振堂思忖着说："眼下部队已经出发，不打如何过得去；打的话，又如何打？是打完再请示还是先请示再打？双方只要真动了手，后果将一发不可收拾。"

　　这时，孙连仲被卫兵护送着来到董振堂面前："想不到蒋总司令居然派了朱绍良来挡驾！朱绍良是蒋介石的嫡系，他在广昌就有上万部队，咱们即使冲得过眼前的胡嘴岭，冲得过广昌吗？"

　　董振堂回答："只要总座能下决心，不打回北方誓不罢休，拼上我这个 73 旅，定能杀出一条血路！"

　　孙连仲忙摆手："识时务者为俊杰，绍仲，不要逞匹夫之勇。即便我们杀出了一条血路，在回北方这漫长的数千公里道路上，蒋总司令随时都能纠集重兵，给咱们这支多灾多难的军队以致命一击。凭现在第 26 路军这两万人马，恐怕永远也到不了北方的抗日战场。"

董振堂望望赵博生。

赵博生恳切地说："总座，老蒋是靠不住的，我们现在听他的命令把队伍拉回去，又会重新陷入深渊！"

孙连仲："我也知道老蒋靠不住，可我们现在能靠谁啊？保全一时是一时吧。"

赵博生上前一步："请总座三思！一旦我们退回去，再想出来就绝无可能！"

孙连仲无奈地一挥手，下令："为了全军，勿生争端，速回宁都。"

董振堂和赵博生面面相觑。

73旅所有的官兵都站在原地不动。

孙连仲指着董振堂："你给我听好，不听命令者，就地军法处置！省得让朱绍良的队伍打成筛子眼儿。"

孙连仲说完，在卫兵的护送下扬长而去。

董振堂气得抬手朝天打光了一梭子子弹，痛心地喊道："撤！"

就这样，第26路军浩浩荡荡地开出来，又趁着夜色灰溜溜地回到了驻地宁都城。

董振堂悲愤忧虑，寝食难安，请假回老家探亲。这一走，一月有余。

第十三章　地下党开展工作
赵博生光荣入党

退守宁都之后，孙连仲深深感到第 26 路军驻在江西只有死路一条，为了自身的安全和避免战败之责以及不抗日之罪名，他向蒋介石称病，借口养病离开部队到上海去了。临走之前，孙连仲决定不再兼任 25 师师长，把 75 旅旅长李松昆提升为 25 师师长，代总指挥，总参谋长赵博生代行军务。

孙连仲在离队前，召集 25 师的团以上主官开会，宣布对李松昆的任命，并要求："希望各位长官本着军人以服从为天职，对李师长应尽服从之义务！" 74 旅旅长季振同当时气得脸色铁青。75 旅历来训练差，论资历、实力和指挥能力，李松昆都远不及 73 旅旅长董振堂、74 旅旅长季振同等人，所以季振同和他手下的 1 团团长黄中岳一向看不起李松昆，只是因为李松昆善搞私人关系，对孙连仲、蒋介石唯命是从而被提升。散会后刚走出不远，季振同就跺着脚大骂："我枪毙了那孙子，让我服从他？"

由于多数旅长、团长对李松昆不服，所以他很难统率全

116

军。李松崑晋升师长后，以代总指挥名义请客，发了请帖，好多人拒不参加。这样的人事安排，无形中是雪上加霜，进一步激化了上层军官之间的矛盾。

第26路军本来就是西北军的一个烂摊子，加上中村受挫，驻宁都后，更是矛盾重重。孙连仲无力解决而离开，李松崑的总指挥地位更是有名无实，因此，第26路军的一切权力和责任自然都压在代行军务的总参谋长赵博生的肩上，赵博生也自然成了第26路军领导核心的决策人物。

蒋介石下了严令，命第26路军死守宁都。两万多人的队伍，困守孤城，米菜买不到，只能以糟坏的陈米充饥，盐水下饭。又因第26路军官兵几乎都是北方人，水土不服，疟疾流行，又缺医少药，几月间士兵死亡数千，军心浮动。官兵们的厌战情绪蔓延开来，都不愿与共产党领导的红军开战。

部队弥漫着这种情绪，上上下下无心练兵作战。第26路军好比一堆干柴，只要有一点儿火种，就会燃烧起熊熊大火。

刘振亚是个眉清目秀、精力充沛、刚满二十岁的小伙子，已经有三年党龄。当时，刘振亚是第26路军中唯一与党组织保持联系的共产党员，是大革命失败后潜伏下来的少数党员之一。1911年，刘振亚出生于山东省临清市吕堂村一个富裕的农民家庭。1928年，刘振亚毅然报名考入以生活清苦、纪律严明而著称的西北军军官学校。经工兵队分队长、共产党员杜宗周介绍，入校当年，刘振亚就加入了中国共产党。冯玉祥在中原大战失败后，刘振亚被编入第73旅董振堂部任上尉参谋。

1931年3月，正当蒋介石准备再次大举"围剿"红军的时候，刘振亚向旅长董振堂请假，亲自去上海向党中央汇报请示工作。在这种形势下，我党中央从上海派王超、袁汉澄、李肃三名共产党员潜入第26路军，配合刘振亚开始搞兵运工作，准备把这支国民党部队争取过来。

回到江西宁都后，刘振亚仍任原职，李肃到季振同的第74旅，袁汉澄分到第79旅第2团团部，王超以差遣名义住总指挥部。不久，王超为总指挥部译电主任罗亚平建立上了组织关系——罗亚平是北伐战争时加入中国共产党的党员，曾和王超一起在鄂西搞农民运动，大革命失败后失掉了组织关系。

王超、袁汉澄、李肃这三位同志通过刘振亚很快掌握了第26路军各级军官的政治态度和士兵的思想动向，并充分利用大革命时期共产党在这个部队中的政治影响，通过结人缘，交朋友，拉老乡、同志、同事关系等方式，宣传革命思想，提高他们的政治觉悟和对中国共产党的认识，发展地下党员。

刘振亚和李青云一起在73旅旅部当参谋。刘振亚了解李青云的才干、为人及另谋生路的思想。党组织恢复以后，刘振亚进一步观察了李青云的表现，考察了他的历史，准备经过一段时间的工作，及时吸收他加入中国共产党。刘振亚与他的接触越来越多，谈话的内容也越来越深刻。在最后一次谈话中，刘振亚问李青云："你愿意加入中国共产党吗？"

李青云通过与刘振亚的接触和对他的观察，也已认定刘振亚就是共产党。于是，他激动地说："共产党是真正革命的党，是为穷苦人民谋利益的党。我愿意加入中国共产党，成为一名忠诚的革命者！"

刘振亚郑重地说："共产党员要冒着杀头危险的！"

李青云把刘振亚的手握得紧紧的，诚恳地表示："刘参谋，为了救国救民，我李青云早就把生死置之度外了。为了找党，我已经跑了好多地方，找了好久，现在终于找到了，没得说，以后我李青云这一百多斤就交给共产党了！"

李青云找党入党的夙愿终于实现了，他决心把自己的一切献给党的事业。

刘振亚等人又先后介绍了总指挥部上尉执法队队长王振铎等同志加入了党的秘密组织，并经中央批准，在第 26 路军中建立了共产党特别支部。73 旅旅部参谋刘振亚任中共"特支"书记，79 旅的袁汉澄任组织委员，74 旅的王铭五任宣传委员。

士兵是兵运工作和起义的基础。73 旅的学兵连，实为一所培养下级军官的初级军官学校，是董振堂的精锐。这是一群特殊的士兵，入伍前多是失学、失业的学生，易于接受革命思想，处在当时的政治形势下，思想更加苦闷。

第 26 路军中的共产党组织了解到了学兵连的情况，为了尽快抓好这支知识分子队伍，李青云请赵博生出面，以个人名义建议董振堂：选拔有经验的军官派到学兵连任专职或兼职教官，在学兵连恢复教学业务。于是，刘振亚和李青云便奉命前来兼任学兵连教官。

这时的学兵连连长叫孙锡，是个有名的恶棍，对士兵说打就打，说骂就骂，满脸煞气，经常在士兵身上发泄私愤。学兵连广大官兵对他恨之入骨。刘振亚和李青云到学兵连兼任教官不久，学兵连的一个士兵开小差被抓回来。这个士兵被绑到全连大会上，连长孙锡下令枪毙。士兵们恳求放了他，孙锡为了收买人心，答应了士兵们的请求，但要责打四十军棍，才能免死。这个士兵被打得血肉模糊，凄惨的叫声使许多士兵流下了眼泪。大家感到，第26路军如果在宁都长期驻守下去，这个逃兵，就是他们的下场。

刘振亚了解了学兵们的思想，也调查清楚了孙锡吃空名字、克扣军饷的罪行，便在士兵当中广泛揭露。士兵们无不义愤填膺，纷纷要求旅长撤换连长，不换掉孙锡不足以平民愤。不久，董振堂下令撤销了孙锡的连长职务，任命李青云为学兵连少校连长。

李青云调任学兵连连长后，立即废除了打骂和体罚士兵、克扣军饷等军阀恶习，吃空名字、喝兵血的现象根除了。广大官兵欣喜若狂，感到从来没有的自由，他们尊重新来的连长。李青云教育官兵要关心时事，爱国、爱民，提倡官兵平等，鼓动抗日情绪，并进行针对性的思想教育，培养和发现能参加将来起义的骨干力量。不久，李青云介绍王际坦加入了中国共产党。

王际坦是第26路军中的第一个士兵党员。王际坦入党后不久，便发展了赵鸿志（河北沧县人）、杨艺林（山东青城人）、谭时济（山东潍县人）、刘静生（河北人）、霍万钟（河北高阳人）等七个人入党，加上王际坦和李青云，共有九名党员，使学兵连成为第26路军共产党员最多的连队。

刘振亚当时作为学兵连的兼职教官，经常到学兵连来讲课。他平易近人，待人和气，学兵们都愿意和他接近，从而结识了一些学兵。他介绍了山东临清老乡蒋耀德入党。

根据中共中央把士兵和长官支部分开的指示精神和学兵连党组织的发展情况，经"特支"研究确定在学兵连建立了以李青云为书记的士兵党支部。从此，学兵连的兵运工作进入了一个新的阶段。

7月底，李青云受地下党的派遣，到上海向党中央汇报第26路军开展兵运工作、筹建党组织和准备发展赵博生、董振堂入党等情况。回来时，他将党中央的指示信藏在暖水瓶里。根据党中央指示，由他们这些低级军官组成的共产党支部担负起了在第26路军领导兵运工作的重任；经党中央批准，把发展参谋长赵博生入党提上日程。

这天，宁都城北的一条大街上，车水马龙，好不热闹。刘振亚、王超、李肃、袁汉澄和刚入党不久的总指挥部译电主任罗亚平大摇大摆地走过来，袁汉澄和刘振亚手里还特意提了几只鸡。

一行人走进了北门外石桥背的刘记小酒馆。刘振亚把手里提的几只鸡交给老板，叮嘱要吃风味独特的正宗宁都三黄鸡。老板热情地将这几个国民党青年军官带到二楼上。待坐定、茶沏好之后，刘振亚对老板说："我们今天除了吃鸡，还要借这个地方打几圈麻将，闲杂人等就不要上来了，长官们玩得高兴，会多赏你几个钱。"老板答应着关上门，下楼应酬去了。

中共"特支"这次秘密会议的议题是研究如何争取参谋长赵博生入党的问题。

刘振亚首先介绍道："这几年据我了解到的情况，赵博生为人正直，不贪财，爱读书，他经常以'岳飞精忠报国'来勉励自己，并以此要求部属。他关心士兵的疾苦，把部属看作是自己的兄弟，虽然身为高级军官，但他生活艰苦朴素，为人表率，深受官兵拥戴。他的言行说明他是一个真诚的爱国模范军人。"

罗亚平补充道："赵参谋长能文能武，活动能力强，善于做思想工作，能立言立信，在官兵中威信很高，他的言论，也给官兵们以精神上的宽慰、思想上的开导和意志上的力量。目前，孙连仲走了，让赵参谋长代领军务，掌握总指挥部。这个时候如果能争取到赵参谋长，将给党组织的活动带来很多益处，将会对整个第26路军的兵运工作产生重大影响！"

刘振亚补充说:"还有一个重要情况,73旅的旅长董振堂也是同情革命的人,他为人正直,爱国心强,在士兵中威望很高,与赵博生的私交很好。如果先争取赵博生入党,在他的影响下,再争取董振堂,那样可能更容易水到渠成。当然,他们毕竟都是国民党的高级军官,万一出了纰漏,其破坏的作用也是很大的。因此,我们要慎之又慎。"

罗亚平说:"进入宁都以后,赵参谋长对苏区的宣传品特别留心研究,偷偷地搜集和阅读苏区的各种书籍和出版物。凡是以'赤匪'罪名抓来的农民,送到总指挥部以后,赵参谋长都叫放了。赵参谋长这种思想行为,说明他对共产党、对红军不仅没有敌意,而且是同情和有好感的。他对蒋介石'先安内、后攘外'的政策持反对态度,还在军人大会上公开抨击。"

特派员王超对赵博生的情况做了分析总结:"赵博生的这些进步思想,是很好的争取他入党的基础。他心目中最佩服的人是原西北军任总政治部主任的共产党员刘伯坚,他对共产党人很有好感,他认为蒋介石发动四一二政变是背信弃义,对冯玉祥驱共产党人出西北军表示不理解。赵博生现在应该比任何时候都苦闷彷徨,他内心活动的主要方向,肯定地说是在积极地寻找新的出路,如果我党不采取主动,因势利导开展工作,是会失去时机的。"

特别支部经反复研究,同意王超对赵博生情况的分析,决定向赵博生进行试探,试探的办法是先向赵博生发出一封信。这封信王超事先已经拟好，意见一致之后，王超就把这封信念给大家听并进行讨论、修改。

这封信首先分析了九一八事变后中国的局势，接着列举大量事实，说明第 26 路军目前进退维谷的处境：蒋介石把第 26 路军以及其他非嫡系部队放在第一线，把自己的嫡系部队放在二线或部署在杂牌军的后方，监视和限制他们的行动，名为"剿共"，实际上是排除异己，借刀杀人。现在蒋介石的嫡系朱绍良部驻守在广昌一带，堵住了第 26 路军的后路。宁都四面都是红军。第 26 路军的处境是前无进路，后无退路，打下去只有死路一条，唯一的出路就是摆脱蒋介石的反动统治，反对他的内战方针，同红军联合起来，一致抗日。希望赵博生能认清形势，对此做出贡献。

"特支"会议还做出决定：信件由罗亚平设法转交。因为罗亚平的公开身份是总指挥部的译电主任，进出赵博生的办公室比较方便，不会引起怀疑。党组织同时也做了种种应变的准备和部署。

王超叮嘱罗亚平："如果赵博生能接受信中的主张，就直接向他亮明情况，表明我们的态度；如果他迟疑不决，就等待、观察一段时间，采取不即不离的态度；万一出了问题，你立即转移苏区，但要做好牺牲的准备，宁死不能暴露其他同志。"

罗亚平郑重回答："请组织放心，一切服从安排！"

密会开完了，罗亚平把信揣入怀中，几个人像往常一样哼着小曲儿下了楼，装着几分醉意各自归队。

第二天上午，趁赵博生不在的时候，罗亚平拿着电报走进了他的房间。在把几份儿电报放在桌上的同时，也把那封信悄悄塞入了抽屉里。

接下来便是不安中的等待，此时罗亚平内心是焦急的，主要还是担心出事，到那时自己逃走事小，要影响到特别支部就麻烦了，那么党在第26路军中所有的努力和工作就都白费了。罗亚平不敢再想下去……

赵博生很快发现了抽屉中的这封密信。读完这封信赵博生感到很突然，很吃惊，也非常激动。但他一时不敢相信，在他千方百计寻找共产党的时候，党组织居然就在他的身边！

一连几天，赵博生没有做出任何反应。他在沉思，考虑应当如何慎重处理这件事关他个人和第26路军前途的重大问题。

那时候，赵博生对部队中党的活动，已隐隐约约有所察觉：根据罗亚平的平日言谈表现，他对罗亚平的身份也猜出了几分。

几天后，罗亚平像往常一样准备去出早操，赵博生站在门口叫住了他，"罗主任，到我寝室来一下。"

罗亚平的心情有些紧张，他跟着赵博生来到寝室。

赵博生先让罗亚平坐下，递过来一杯茶水，然后从桌子上摆着的几本书里抽出特别支部写给他的那封信，一面把信打开，一面对罗亚平说："这封信我看了，写得好哇！"

此时的罗亚平反倒镇定了许多，他不动声色，并不急于表态。

为了打消罗亚平的顾虑，赵博生笑了笑，一边指着信上特意用红线画出的地方，继续说道："信的内容我都看过了，你们分析得很透彻，可谓一针见血，说得对，说得完全对。蒋介石就是不抵抗主义。不抗日，中国一定会亡！我曾信仰过三民主义，也曾组织过三民主义救国军，可是我从实践中认识到，靠三民主义救不了中国。就像这信里所说，军阀官僚横行霸道，苛捐杂税多如牛毛，弄得人民流离失所，哀鸿遍野，饿殍载道，没有百姓的生路，真是民不聊生、民怨沸腾。你们分析得很好。"

罗亚平放下茶杯，笑而不语。

赵博生扫视了罗亚平一眼，态度诚恳、语调和蔼可亲地问："我看这信不是你写的，不过它放在我的办公桌里，一定与你有关系。"

罗亚平没有作声，实际上是默认了赵博生的猜测。

赵博生看出了这一点儿，又以更加诚恳的语调对罗亚平说："我赵博生的情况你是了解的，我有志革命已久，苦于找不到领路人。自从在西北军里接触了刘主任，我就感到共产党不平常，是真想革命的。西北军失败以后，在没有出路的情况下，我曾经几次派人找刘主任，我自己还带着李青云亲自去过上海找他，都没有达到目的。我猜想，这封信是以共产党组织的名义写给我的，信上说的意见我都同意。"

罗亚平望着眼前如此亲切、如此诚挚的参谋长，眼眶一热，再也抑制不住，轻轻地点了点头。

赵博生激动地说："好！我今天叫你来，没有别的话说，就是要你做我的引路人，我要求加入中国共产党。别看我是参谋长，党叫我干什么，我就干什么！只要我赵博生能做到的，即便是赴汤蹈火，也在所不辞！亚平，你就做我的引路人吧！"

罗亚平听了赵博生这些真诚的表白，非常感动，两个人的手紧紧握在一起。

当天，罗亚平迅速向特别支部汇报了"试探"的经过和赵博生的态度。"特支"成员也没有想到，在他们还在怀疑和试探赵博生的时候，赵博生早已多次找过共产党，把新的出路寄托在共产党身上了。"特支"成员无不欢欣鼓舞，为党在第 26 路军中的发展取得如此重大的突破感到高兴。

赵博生同时也感到惊喜万分：他想不到，就在宁都这座古城，就在第 26 路军进退维谷、前途渺茫的时候，就在他感觉第 26 路军两万余将士如同是坐在了火山口上而倍感焦虑和失望的时候，共产党向他伸出了手。真是踏破铁鞋无觅处，共产党就在身边！他在黑暗中摸索了好久好久，如今总算找到党了，看到了光明。

特别支部在派王超与赵博生进行谈话之后，认为赵博生对党是有诚意的，决定吸收他入党，由罗亚平做赵博生的入党介绍人，报请党中央。

　　1931年10月，党中央批准赵博生加入中国共产党。赵博生救国救民的梦想，终于可以有机会实现了！他一颗壮怀激烈的心，一腔报效国家的热血，终于有了用武之地。赵博生万分兴奋，同时又深深地意识到，正是民族危亡之机，前面的路既坎坷又漫长，却充满了阳光和希望！从此，他一扫心中的阴霾，满腔热情地投入工作，以一个共产党员的模范行动，投身于革命的洪流之中。赵博生感觉，仿佛是在重生……

第十四章　蒋介石紧急来电
赵博生化险为夷

　　赵博生入党后，感到最大的满足是自己不再是个孤身奋斗的"志士"，而是无产阶级先锋队的一员了，久存矢志革命的理想，从此可以实现。他积极认真完成党交给的任务，使党在第26路军中的兵运工作，进入了一个新的阶段。

　　在第26路军中，共产党的秘密活动迅速地开展起来。短短几个月的时间，就发展了总指挥部中校参谋杨金堂，上尉执法官王宏文，74旅机枪连少尉排长王铭五，总指挥部执法队队员王振铎、田玉珊、李春华、卢子美、董俊彦等多人入党。

　　总指挥部执法队队员王振铎和袁汉澄是军校同学，这个人是湖北筠县的首富，在家的时候他逛大街、下象棋、打麻将，都是能手，而且烹饪技术也很高。他最初到军校的目的是混个金字招牌，准备回到县里当个"土皇上"，在乡里称"王称霸"。但此人性格豪爽，有正义感和斗争精神。对这样一个人能不能入党，一方面要大家统一认识，另一方面需要对其多进行教育，看其表现。经过一段时间的帮助教育，他本人觉悟提高很快，于是大家决定由袁汉澄介绍他入党。他在一份材料中写道："共产党给我以光明，我懂得了将来的世界是工人的，共产主义是人类最后解放的旗帜。懂得了我过去的生活是没落的，人吃人的社会已经走完了它的黄金时代。我愿抛弃我的产业与剥削阶级的立场，如同倾倒马桶中的污秽一样，毫不保留。我愿为共产主义事业奋斗到底。"王振铎入党后，做了大量的工作，党的重要文件和马列主义小册子等都由他收转。他以自己豪爽的性格团结了不少人，他执行党交给他的任务很坚决，他每月的薪水大都做了党组织的活动经费，而且发展了孙步霞入党。通过王振铎入党，进一步反映了第 26 路军广大官兵的爱国热情和要求革命走向光明大道的心愿。

后来在没有党员的 80 旅，又发展了董俊彦和卢子美两位连长入党，该旅有了党的活动。袁汉澄在 79 旅介绍 2 团特务排中士班长田玉珊和新兵李春华入党。同时，79 旅的机枪连上尉副连长熊伯涛是 1926 年加入中国共产党的老党员，军官学校学生，大革命失败后失掉了党的组织关系，经王超介绍也重新建立了关系。

到 1931 年 11 月底，全军共有党员近三十人，分布在各旅。广大党员都在千方百计拉关系，找对象，发展党的组织，争取官兵，掌握思想动向。他们不仅很快吸收了一批党员，还培养、涌现出一批入党对象，如 27 师参谋长王鸿章，总指挥部上尉副官刘向三等。

"特支"成员和赵博生多次分析了第26路军中潜在的革命力量和形势，大家一致认为：潜在力量很大，革命形势很好，一定要抓住这一有利时机，大力开展政治鼓动工作，因势利导，把广大官兵的情绪引导到思想变化上来。

自从赵博生被发展为中共党员之后，党的发展工作由基层转到上层。73旅旅长董振堂，与赵博生是老朋友，他们同是保定军官学校毕业，两人过从甚密；74旅旅长季振同与赵博生是同乡，在西北军时就比较熟悉。赵博生利用参谋长的身份，经常做季振同、董振堂的团结争取工作。这样的多方努力，使争取这支部队起义有了可靠的基础，举行起义的各种条件日益成熟。

"特支"总结了这段时间的工作和出现的革命形势，及时向党中央做了汇报。党中央指示：要以发动起义为主要目标，大力开展工作，周密制订工作计划和实施方案，以便在适当的时候发动起义，整个行动由赵博生同志指挥。

至此，起义基本酝酿成熟。

正当地下党在第26路军的兵运工作如火如荼地顺利进行时，1931年12月5日，总指挥部突然接到蒋介石南昌行营拍来的一封十万火急的电报：严令缉拿刘振亚、王铭五、袁汉澄三名"共匪"分子，立即逮捕，并星夜押送南昌行营惩处！

这一天，注定成为中国现代革命史上不同寻常的一天。

负责收译电报的是总指挥部译电主任、地下党员罗亚平。手里拿着这封电报稿，罗亚平一时摸不清是什么原因，但他感到这是一件大事，它关系到第26路军党组织的生死存亡，关系到兵运工作的前途，也关系到一些同志的生命安全。罗亚平感到事态万分严重，刻不容缓！他决定立即把这份急电交给代行军务的总参谋长赵博生。

第26路军总指挥部设在宁都城中一座耶稣教堂二层小楼上。总参谋长赵博生向来很简朴，在二楼设有一间办公室兼卧室，靠窗放着一张写字台，两部电话机，墙壁上挂着军用地图，靠墙一张木床，军毯上补着补丁。

赵博生在办公室里眺望着窗外起伏的山峦，无限感慨涌上心头。他自己都无法预知，几天后，在这座耶稣教堂小楼里将会发生一场震惊中外的兵变。

罗亚平焦急地敲门进来。赵博生接过急电，望着三个共产党员的名字，感到万分吃惊！赵博生深知，举行起义的各种条件虽然基本成熟，但行动计划还未提上日程，如果在这个关键时期，刘振亚、袁汉澄和王铭五真的被蒋介石逮捕，势必影响整个起义计划的大局。

赵博生当即叮嘱罗亚平这封电报的内容绝不能泄露半个字，命令他先回总指挥部守好电台，以应付万一再有突发的紧急情况，并用参谋长的名义给南昌回复电报"遵令即办"，以稳住南昌行营方面。然后，赵博生把这个十万火急的情况立即报告党组织。

特别支部书记刘振亚马上召开了有赵博生、袁汉澄、王铭五、李青云等人参加的秘密会议，紧急商讨应急办法。

在这次紧急会议上，赵博生才得知：原来，1931年2月初，潜伏在第26路军中的我党特派员王超离开宁都，奉命经南昌去上海向党中央汇报党在第26路军的工作情况。第26路军特别支部把两份秘密文件交由王超。刘振亚分析，极有可能是王超在南昌接头的时候交通站被敌人破坏，王超被捕，第26路军党组织的领导人名单落到了南昌的国民党手里，不然，这封南昌行营的急电不可能直指他和王铭五、袁汉澄三个人。

后来查明的事实正如刘振亚的判断，王超奉命去上海向中共中央汇报工作途经南昌时，没想到接头的秘密交通站已被破坏，成了国民党的侦探机关，而王超却不知道这一情况，误把第26路军中共产党领导人的名单交到了国民党当局手中。幸亏他在交谈中发现了疑点，只交出了刘振亚、王铭五、袁汉澄三个人的名单。蒋介石在南昌行营得此情报，立即给第26路军总指挥部拍来了十万火急的电报。

袁汉澄冷静地分析："从这份儿电报内容看，王超应该不是有意出卖党的组织，否则，严缉的就不只我们这三名共产党员了。如果他有意出卖党组织的话，他是知道我们三个值几个钱的，对蒋介石来说，有价值的人首先是赵博生同志，擒贼先擒王嘛，那首先要抓的就是赵博生同志。就现在第26

路军地下党组织来看，王超起码没有出卖我们！"

赵博生点头同意。

刘振亚也说："我同意汉澄的观点，不管王超有没有叛变，至少现在的形势提醒了我们，事情已经到了刻不容缓的地步！"

赵博生沉着地说："当务之急，我们应该想办法化险为夷，把坏事变好事。"

几个人纷纷问："怎么能把坏事变好事？"

李青云："怎么个变法儿？"

赵博生举起那封电报："我们要把这封电报当作第 26 路军举行起义的导火索！否则，一旦党的组织被破坏，长期潜伏和新发展的党员被抓获，不但我党多年的心血和艰苦工作会前功尽弃，第 26 路军也会走向灭亡的深渊。"

刘振亚："总参谋长是说，提前起义？"

赵博生坚定地点头："对，我们提前起义！这既是形势所迫，也是势在必行。这一天，我已经等得太久了！"

刘振亚和袁汉澄、王铭五互相对视了一下，也都兴奋地表示赞同。

刘振亚沉吟了一下，补充道："我建议赵博生同志立即找 73 旅旅长董振堂谈谈，看他的反应如何，我们再决定下一步行动方案，董振堂的态度是关键。"

袁汉澄赞同说："73 旅是第 26 路军实力较强的一个旅，仅次于季振同的 74 旅。如能首先把董振堂拉过来，起义就有了基础，对带动全军起义将发挥重要作用。"

赵博生点头："明白。董振堂是我多年的挚友，我了解他，73 旅是他一手带出来的部队，官兵都听他的指挥。之前，我已经做过好多工作，他刚探亲回来，我正要找他。"

赵博生当时虽为第 26 路军的总参谋长，能真正掌握的部队却只有总指挥部特务营、通信营等少数直属部队，要想有大动作是很困难的，必须团结一部分手握实权的旅长、团长，才能有所作为，73 旅旅长董振堂便是其中最重要的一位。

在当时，旧军阀部队里的高级军官大都生活糜烂，吃喝嫖赌，无所不为。已经身为中将师长的董振堂，月薪有二百多元，这在当时可谓高薪，却依然过着十分简朴的生活，每顿饭都是馒头和简单的两菜一汤，然而对下面的军官和士兵，他却非常大方，无论谁有困难，总是慷慨解囊。他每月的薪水都交卫兵高志中代管，今天这个连长有困难，他让高志中给送去二十元，明天那个营长家里出事了，又让高志中拿出三十元，却很少往自己家里寄钱。

董振堂重义轻财，关心下级，深受部下官兵的爱戴，而有些不理解他的士兵和官长则称他为"傻司令"。鉴于董振堂为人作风正派，能吃苦，极富正义感，在基层官兵心目中有较高的威信和号召力，而且董振堂的 73 旅实力较强，一向是我党活动的重点，如果能把旅长董振堂争取过来，对起义的成功将起到有力的保证作用。赵博生确信：争取董振堂站到起义方面来是完全有条件的。

刘振亚说，早在 1929 年秋，在董振堂的老部下及好友苏进的推荐下，他来到董振堂的部队，董振堂把他安排在自己身边任参谋。当时董振堂、苏进二人都不知道刘振亚是潜伏下来、没有暴露的中共地下党员，而且是以后的第 26 路军中唯一与党保持联络的地下党员。部队驻扎宁都后，正是在刘振亚的帮助下，我党中央从上海派出的王超、袁汉澄、李肃三名兵运小组的成员才得以顺利打入第 26 路军各部，并发展了三十多名党员。可以说，董振堂在不经意间，早就为革命立了一功。

赵博生送走刘振亚、袁汉澄等人，立即找来罗亚平，要他仿照南昌行营的口气拟一份儿电文，内容是："安内是攘外的前提，剿匪是抗日的先导，望火速进剿，莫失良机，若能一举剿灭共匪，不仅党国幸甚，中正亦欣慰不已。" 赵博生之所以这样拟文，是由于虽然自己和董振堂一起共事多年，私人交情甚深，但董振堂目前还不是共产党员，蒋介石缉拿共产党的电文，暂时还不能向他公开，不然势必泄露出党组织的秘密和党组织成员名单，也会对下一步工作带来许多麻烦。

赵博生拿上这份电文和另外一封孙连仲发给他的电报，准备赶往 73 旅董振堂的住处。他知道，向董振堂摊牌的关键时刻到了！

第十五章　晓大义念情谊
真诚团结董振堂

　　董振堂的旅部就在宁都城内，骑马过去仅需十分钟。

　　门口的警卫看到赵博生忙敬礼。

　　赵博生问道："听说你们旅长回来了？"

　　警卫小声回答："总参谋长，咱旅长心情不好，在房间里躺着呢。"

　　董振堂一脸沮丧地躺在床上，参谋刘振亚端着茶杯站在一旁。

　　见赵博生进来，董振堂忙坐起来。

　　赵博生上前扶住他，关切地问道："绍仲兄，身体有恙啊？"

　　董振堂："唉，博生，我实话告诉你，我身体没病，是心病。"

　　赵博生："老兄，回去探亲，是不是家中有啥事情？二老身体都康健吧？"

　　董振堂："这次探亲回了阔别多年的故里，看到父母年迈多病，乡亲们饥寒交迫，心里更加郁闷。探完亲，我又去南昌寻亲了。"

赵博生不解："寻亲？"

贴身卫兵高志中忙接过话茬说道："参谋长，您不知道，俺们旅长寻亲没寻到，心里不痛快，您快帮着好好开解开解吧，咱军中大事才是该操心的嘛。"

赵博生心里明白了几分，便笑着说："绍仲兄，你说咱军中有啥大事呀？最大的事情莫过于军队的前途问题。"

董振堂悲愤地说道："前途？博生，咱第26路军还有啥前途可言吗？现在日本帝国主义占领了东三省，你我都是革命军人，老蒋却不让我们抗日，我们有枪在手，却不能报效国家，这样下去，我们都将成为民族的罪人！"

赵博生："绍仲兄的一片赤诚，小弟深知，我也有同样的感受。国将不国，身为军人，不能报效，这是最大的耻辱！"

董振堂叹息："我不愿打内战，打红军，本想一走了之，可我舍不得扔下这些弟兄啊！"

赵博生："绍仲兄忧国忧民，是忠勇之人，一直让博生很感佩。可是老蒋又是如何对待忠勇之将的？情况我都获悉了，老蒋在南昌行营签署了一份布告，大骂第26路军73旅是土匪，还查抄了你们73旅在南昌的留守处，真是让人不敢相信！"

高志中："可不是嘛，俺们旅长为此气得大病一场！其实，就是上次旅长带头想把队伍拉回北方战场抗日，被蒋总司令派兵堵了回来，有人谩骂说，东三省都叫日本人占了，还剩什么赤呀？搞不好，老子把队伍拉到山上当土匪去！想不到，蒋总司令真把我们当土匪看了！"

刘振亚说："老蒋把我们这些收编的杂牌军当后娘养的也就算了，竟然视我们为土匪，简直是可忍孰不可忍！"

赵博生："除了南昌行营签署的布告，我这儿还有一份密令要交给绍仲兄，你看了会更震惊。"

赵博生把总指挥孙连仲发给他的那封电报交给董振堂。

原来就在董振堂请假回家期间，孙连仲以"主官不可久离部队"为借口发来电报告知："奉蒋总司令命令，决定暂免董振堂旅长职务，望总参谋长赵博生遵令执行。"但赵博生没有宣布此事，而是暗暗压下了这封电报。

董振堂看了电报原文，顿感心寒意冷，怒火万丈，半天说："我对蒋介石、孙连仲已经彻底绝望了！"

赵博生撕掉了电报，扔在地上，劝慰董振堂说："博生知道，兄长是在报国无门、想抗日蒋介石不准的情况下，为了解除思想上的一些痛苦，请假探亲，孙连仲不该以'主官不可久离部队'为借口免除你的旅长职务。"

董振堂对赵博生抱拳致谢："博生，感谢你的真诚相待，感谢你为我冒了这么大的风险压下此事！"

赵博生握住董振堂的手说："患难见真情，你我亲如兄弟，出路要共同闯，不论发生什么情况，都要团结起来一起干！"

董振堂感激了半天，又叹息道："现在军无斗志，厌战思乡，老蒋又下了死守的命令，你说，咱们西北军就剩下这么点儿精华血脉，能耗到几时？出路在哪里？咱们怎么闯？"

赵博生沉吟了一下，看了一眼门外，建议道："绍仲兄，光这样憋闷也解决不了问题，我请你去城外打打猎，散散心，有些事情咱们从长计议。"

董振堂见赵博生说得诚恳，点头同意，吩咐备马备枪。

赵博生陪着董振堂骑马来到城外，参谋郭如岳、刘振亚和少校参谋兼学兵连连长李青云还有两个卫兵骑马在后面跟着。

大约走了四五里路，前面出现一片树林，有一群野狗出没。董振堂抬手放了两枪，打中一只，其他的野狗受惊，一边乱叫一边四散奔逃。当他们追赶猎物时，发现树林后面有一片新坟，坟头儿一个挨一个，高高低低，大大小小，足有上千座。他们下马走过去仔细查看，有的坟头前有草草竖着的木牌，竟都是第26路军病死士兵的坟墓！众人凝视着这些新坟，久久地站在那里。

赵博生眼含热泪，悲怆难抑，摘下军帽致哀，声泪俱下道："兄弟们，你们再不能驰骋疆场报国为民，你们没战死在抗日前线，竟成为内战的牺牲品！若兄弟们泉下有知，待第26路军重整河山之日，定当来祭，以慰忠魂！"

赵博生举枪对天鸣放。

卫兵高志中哭着说："我们早晚都要到这儿来排队！"

刘振亚说："就这短短几个月的时间，在宁都城的西、南、北三面的山坡上新坟足有两三千座，都是病死的第 26 路军士兵。"

李青云："士兵兄弟们都编了歌谣'出了北门望北坡，新坟更比旧坟多，新坟里都是埋的北方老大哥。要想回到北方去，只有联合起来倒戈！'。"

郭如岳气愤地说："唉，都是因为水土不服，发疟子死的！加上有人喝兵血，兄弟们死得太惨了！"

董振堂问道："为什么吃药也不管用？"

赵博生牙齿咬得咯咯响："上方发来的那些奎宁丸，好多是假药，根本治不了病！不知道又有多少人利用假药中饱私囊了。"

李青云攥紧拳头："真该把那些卖假药、喝兵血的家伙一个个都枪毙了，拿他们的脑袋来祭这些兄弟的亡灵！"

赵博生望望一脸悲戚的董振堂："绍仲兄请假回乡探亲这段时间，老蒋不发军饷，不派援兵，只下了死命令，让我们第 26 路军就是死，也要死在宁都。"

董振堂气愤得无语，脸色铁青。寂静中只有风声。突然，坟地里传来几声好像人的呻吟，大家不禁悚然一惊。再细听，呻吟声越发真切。李青云和刘振亚急忙循着声音走近查看，声音来自一座埋得很浅的新坟。两人迅速扒去坟上的一层浮土，露出没有盖严的棺材，呻吟声更清晰地传出来。赵博生、董振堂和两个卫兵也来帮着开棺，本来就是一层薄得不能再薄的木板，里面的人很容易就被抬出来了，原来竟然是一个病号还没有死就被装棺材埋了，幸好埋得浅。

董振堂吩咐两个卫兵砍了几根粗壮的树枝，绑成一个简易担架，把救出来的伤兵抬回城里医治。山上风凉，赵博生脱下自己的军装外套，盖在伤兵身上。

董振堂没有了打猎的兴致，一行人骑马往回走。

走到半路，赵博生打破了沉默，吟诵了两句诗："莫作他乡之鬼，徒为异域之魂。"并接着说道："现在想起《三国演义》中诸葛亮五月渡泸，深入不毛的故事，真是像今天我们第26路军的写照哇！"

董振堂悲愤地说："诸葛亮祭祀亡灵的这句诗——莫作他乡之鬼，徒为异域之魂，现在听着就如同尖刀戳心！"

赵博生试探地问道："绍仲兄，蒋介石又来了'进剿令'，看来我们很快就要开始战斗了。"

说着，赵博生拿出提前准备好的电报交给董振堂。

董振堂看着电文，不禁冷笑道："安内，'剿匪'，放着日本侵略者不让抵抗，只会残杀同胞，这算什么政府？算什么革命军？连着'围剿'三次都以失败告终，还要不惜血本继续'围剿'吗？"

赵博生："以绍仲兄的智慧，肯定完全能看出老蒋是想利用我们这些杂牌军与红军作战，妄图达到两败俱伤之目的。红军被消灭了，当然是蒋介石的根本目的；杂牌军被红军消灭了，也可以达到他消灭异己的险恶用心。总指挥孙连仲一定也是深深感到第 26 路军驻在江西只有死路一条，为了自身的安全和避免战败之责以及不抗日之罪名，便借养病之名，到上海去了。27 师师长高树勋、80 旅旅长施积枢、81 旅旅长王恩布也先后离开部队。"

董振堂："是呀，我也早看出来了，我们与红军作战，一交手就吃了败仗，损失惨重。打，是死路一条；不打，也是死路一条。"

郭如岳："旅长，这不打或许能保存一下军队的实力，何以见得是死路一条啊？"

董振堂跳下马来，烦躁地甩了几下马鞭子。

大家也都纷纷下马。

赵博生："绍仲兄，你是兄弟们的主心骨，老蒋的电令催我们，该如何应对，还得听你拿主意。"

董振堂紧皱眉头："现在存在四个问题。第一，我们没有兵源，每天成百上千的士兵生病、伤亡，减员得不到补充。因为老蒋只对在'围剿'中因战减员给补充了一些新兵，因病减员虽然日益增多，但一律不给补充。第二，粮饷不足，老蒋发给我们的军饷原本只有他的嫡系部队的六成，而且常常扣着几个月都不按时发，生活补给得不到保证。第三，武器弹药不足，得不到补充。第四，军心涣散。我看，打是完，不打也是完。现在到底应该怎么办，我也不好拿主意。请参谋长看怎么办好，反正官兵都愿回到北方去，不愿在江西，在江西早晚也得喂了江西的狗。"

听完董振堂的话，赵博生说："知己知彼百战不殆，第26路军的情况也就这样了，不容乐观。红军的情况你们掌握得怎么样？"

董振堂如实回答："红军的情况听说过一些，我们听到的、看到的，与国民党宣传的完全不一样。"

赵博生："确实是这样，短期可以欺骗，现在咱们到了江西，和红军接触机会多了，再想欺骗也欺骗不了啦！我也曾审过一些被红军俘获又放回来的官兵，那边的一些口号听了让人反思呀。比如：'士兵不打士兵，穷人不打穷人''调转枪口，一致抗日'等。过去说红军逮住一个杀一个，一个也不留，实际上人家不仅不杀，还发了路费。还说共产党共产共妻，咱们被俘虏的军官太太都给放回来了嘛，这事情怎么讲啊？能让人相信吗？"

董振堂不住地点头听着，赵博生问道："你们旅有没有放回来的人哪？有没有与共产党联系的人？"

这是一个十分严肃的话题。董振堂与赵博生虽是老乡又是同学，而且是多年好友，但他们毕竟是国民党的高级将领，以前谈话双方都是点到为止，没有特别深入。当时那个年代，人心莫测，见利忘义的人也不少见。所以董振堂犹豫了一会儿，最后说："跟共产党联系的人我说不上，被俘虏放回来的，倒有个连长，现正在警卫连押着呢，他在苏区待了二十多天。"

赵博生觉得应该让这个连长出来说说，借他的口来宣传红军和苏区的情况，从侧面对董振堂做工作，于是说道："那好，能不能咱们一起见见？叫他把共产党的情况谈一谈，咱们好做个了解。"

董振堂："没问题，回去后一切听你安排。"

回到 73 旅旅部，董振堂命人把那个被红军放回来的连长王中其带过来。

赵博生问道："你被共产党抓去了多长时间？"

王中其回答："连抓到放有二十多天。"

赵博生问："他们待你怎么样？对你讲了些什么？"

王中其很紧张，不敢马上回答，将目光投向董振堂。这细微的动作，赵博生看在眼里，却不动声色。

董振堂早已审过他了，觉得对赵博生也没有必要隐瞒下去，便对王中其说："你不要紧张，参谋长怎么问，你就怎么答，如实地讲！"

赵博生为了打消他的顾虑，说道："人家怎么说，你就怎么讲，不会怪罪你。"

王中其放心了，滔滔不绝地说："……人家对我很好，不打不骂，跟人家吃一样的饭，我没见人家打人骂人。他们对老百姓也和气，部队里官兵平等。押送我们的红军长官说：'愿意回去的回去，不愿回去的可以当红军。'我愿意回来，人家还给了我两块大洋当路费。"

赵博生又问："这二十多天，就讲了这么几句话？"

王中其说："他们还讲，说我们原本跟蒋介石打了那么久，死了那么多的人，现在又来替蒋介石卖命打红军。他们叫我们别给蒋介石卖命了，和他们联合起来，打回北方去。"
红军长官还讲："咱们要想活着，只有和红军联合起来一起
干……"

王中其被警卫带下去时，赵博生吩咐不许为难他。接着
他又问董振堂："绍仲兄，你说对这个连长该怎么办？"

董振堂回答："我们打了败仗，他被人家抓了去，共产
党不杀他，他又主动找回来，你说我们能杀他吗？我看可以
恢复他的自由。"

赵博生道："对！他能重新归队，不隐瞒被俘虏的情况，
也让我们了解了红军的真正面貌。不仅给他恢复自由，还要
恢复他的职务！"

董振堂直点头，又问赵博生："老弟，他讲的这些情
况……你看怎么办？红军那边说，叫我们别给蒋介石卖命了，
我看咱们卖的这个命真不值！"

赵博生："对，跟着老蒋是没有出路的，这是现实，血
的教训！"

董振堂说道："部队的去向是个大问题，咱们到了生死
存亡的关头了！何去何从，要拿主意。"

赵博生诚恳地说："绍仲兄，咱们兄弟多少年了，你还
不了解我吗？咱们同有一颗报国之心，同样想着保家为民。
讨论部队今后的去向问题，我觉得必须挑明来讲，我不忌讳
什么，现在部队反蒋情绪日益高涨，整个军队就像一个火药
桶，大有一触即发之势呀！"

董振堂听后眼神一亮："博生，我的心同你的心一样，我们有福同享，有难同当，决不食言！"

赵博生握着董振堂的手说道："你我亲如兄弟，将来的出路咱们共同探讨、共同闯，不论什么情况，都要团结起来，拧成一股绳，一起干！"

董振堂坚定地说道："你说吧，怎么干？只要部队有出路，我二话不说！"

赵博生对董振堂的为人十分了解，他一向沉默寡言，正直克己，有事儿他常挺身而出，敢于承担责任，他曾熟读三民主义，想从中寻求一条新的生路。于是，赵博生紧接着董振堂的话说："要我说，联合红军，北上抗日。大哥看怎么样？"

这正是董振堂日夜思考的问题，他本来就有抗日救国的思想，平时就倾向革命，多次私下联系刘伯坚，这次去南昌，董振堂就是想去寻找刘伯坚及其背后的共产党。他见赵博生这么对自己推心置腹，十分感动，也诚恳地对赵博生说："我还是那句话，不管咋样，我73旅都听你的，你看怎么好，就怎么办！"

赵博生："好，我们兄弟同心，其利断金。事不宜迟！"

董振堂忙说："可是人家能相信我们吗？刘主任是不是在那边？能联系得上吗？季振同怎么办？"

赵博生："我就是来和你商量这个问题的，只要你同意联合红军，我就有办法。刘主任确实在瑞金！"

董振堂欢欣鼓舞，抑制不住地兴奋："好好，终于找到刘主任了，第 26 路军有救了！"

赵博生又说："那咱就一言为定，起义以 73 旅为主要力量，力争 74 旅和我们一起行动。"

董振堂对以 73 旅为主举兵起义表示赞同，对争取 74 旅一起行动却没有十足的把握。赵博生说季振同是河北沧州人，与他是同乡，两人共事较久，季振同对他比较尊重，这些都是争取季振同的有利条件，而且季振同一心想保存实力，相信他会跟着走的。

赵博生作为总参谋长，经常去 74 旅，借机向季振同吹风，对国家前途表示忧虑，对蒋介石不抵抗政策发牢骚，对蒋介石和孙连仲重用私人、不举贤才表示不满，触动季振同的伤心处，扩大了他与蒋介石和孙连仲的裂痕。而争取季振同就要利用他与蒋介石、孙连仲和李松崑的这些矛盾。赵博生给董振堂分析了季振同目前的思想和第 26 路军所面临的处境，建议他们一起给季振同做工作。

这一晚，赵博生没回总部，他激动地与董振堂彻夜长谈。经过赵博生这番推心置腹的深谈，董振堂下定了起义的决心。

第十六章　讲矛盾交重任
巧妙争取季振同

季振同，原名季振佟，又名汉卿，字异之。他也是保定陆军军官学校毕业，属西北军高级将领中的后起之秀。自古燕赵多慷慨悲歌之士，季振同正是河北沧州人。

季振同，1901 年 5 月生于河北沧县狼儿村一个富裕的地主家庭，家有耕地千亩，却不愿待在家里做清闲少爷。季振同自小习武好斗，体格强壮，高挑个子，英俊豪爽，堪称一表人才。他为人精悍，好胜心强，重信用，讲义气。五四运动爆发时，他于 1919 年到北京加入冯玉祥部队当学兵，以一腔热血参加了冯玉祥的模范军，先后在学兵营当班长，学兵团骑兵连当排长，接受了西北军严格的军事训练。他仰慕冯玉祥的军人气质和艰苦作风，时时处处按照冯玉祥的要求锤炼自己。一次，冯玉祥与苏联顾问在丰镇驻地视察部队训练，季振同的马术令苏联顾问赞叹不已。冯玉祥对季振同更为赏识，把他破格提升为贴身卫队团团长。1924 年 10 月，季振同随部参加冯玉祥发动的北京政变，成为冯玉祥西北军中的佼佼者。由于季振同忠诚勇敢，更兼一身高强武艺，枪法、马术、跳阵、劈杀、格斗、擒拿、飞射等，无不精通，深得冯玉祥的喜爱，后又提升为装备精良的手枪旅旅长。

五原誓师时，季振同在总部与共产党人有了直接的接触，尤其是刘伯坚在他心目中有着极深的印象。他曾感慨地对部下说过："如果西北军的军官个个都能像刘主任那样，那咱们西北军就天下无敌了！"

作为老资格的西北军，季振同性情剽悍，为人豁达，好交朋友，同情士兵。他在手枪旅任职期间，治军有方，用人公道，不问亲疏，只重有才无才，致使许多军中精英都愿加入他的麾下。当时，宋哲元部的黄中岳，才干出众，因不堪宋哲元的冷遇，曾拉走一个团的队伍。季振同闻知后，即把黄中岳请来，结拜金兰，亲同手足，并提请委任黄中岳为手枪旅第一团团长。

季振同所在的 74 旅，原来是冯玉祥的卫队手枪旅，在冯玉祥的西北军中，是很得宠的"骄子""王牌"，因而武器装备在第 26 路军里是最好的。该旅实力雄厚，待遇甚高，每个士兵都配置有三大件：手枪、冲锋枪、马刀，还有五颗手榴弹。打起仗来，士兵十分勇敢，经常赤膊上阵，是出名的"敢死队"，深受冯玉祥赏识。因而，除了总司令冯玉祥外，手枪旅是目中无人的，可谓是西北军中的骄兵悍将。

中原大战后，季振同所辖的第 14 师被蒋介石收编为第 26 路军 74 旅，他也由师长降为旅长。但他的部队在当时的第26路军的六个旅中仍是最好的。论战斗力，他的旅与董振堂的73旅是第26路军中最强的。这个旅老兵多，跟随冯玉祥比较久，大革命时期，许多士兵见过或认识刘伯坚，共产党的主张、共产党人的形象，在这里留下的印象很好，所以群众基础比较好。第26路军驻守宁都期间，74旅担任城防任务，宁都城里各要害部门都由他们把守。因此，争取季振同带动74旅起义，不但可以大大增加起义的实力，而且容易控制整个宁都的局势，会少动武，最大限度地减少伤亡，对起义的成败起着举足轻重的作用。

季振同原是冯玉祥的心腹，备受赏识，他与孙连仲有矛盾，对归降蒋介石更是不服气。季振同一身傲骨，一身义气，英雄惜英雄，他敬重的是参谋长赵博生和73旅旅长董振堂，瞧不起蒋介石任命的这个总指挥孙连仲，称他为"孙肉头"，更瞧不起25师新上任的师长——原75旅旅长李松崑。

季振同不愿与共产党领导的红军开战，因此深感忧虑。到达江西以后，他曾秘密派人与冯玉祥联系，想摆脱藩篱，自成体系。

74旅的旅部与73旅仅一户之隔。

季振同正一个人闷在旅部擦枪，1团团长黄中岳气冲冲地走进房间，对季振同说："旅长！这样子下去怎么得了？又抬出去百十号弟兄！你到城外看看去，埋在山坡后面的新坟，一眼望不到头哇！"

季振同沮丧地扔掉手里的擦枪布，无言以对。

黄中岳气愤地说："与其窝囊地困在这儿，不如战死在抗日战场上！"

季振同掂了掂手里的枪，转眼上满了子弹，举起来瞄准了门外："我何尝不想轰轰烈烈地干一场，但老蒋能放咱们走吗？你现在要带好队伍，今后的路怎么走，我在想办法。"

黄中岳把马鞭往桌上一丢："这个队伍我没法儿带了！搞不好老子再把部队拉上山，当土匪去！"

季振同忍不住笑了，把枪收进枪套说："想当土匪？怎么看你也不像啊。"

黄中岳说："有这想法的，不止我一个，各旅团都有人想拉队伍上山不干了，73旅学兵连嚷嚷得最厉害。"

季振同："是呀，听说都嚷嚷得让老蒋听到了，在南昌贴出了布告，大骂第26路军73旅是土匪，把73旅在南昌的留守处都查抄了。"

黄中岳："真有这事儿？董旅长可真够窝火的！给党国卖命，倒被当成土匪了？早知道这样，还不如去投红军。"

季振同说："老蒋惯用这一套。当初哄得冯先生跟他结盟，一起联手'清共'，转身就翻脸，中原大战毫不留情，逼得冯先生下野，狼子野心哪！"

黄中岳："日本人的军国主义充满残酷性和反动性，给中国带来巨大灾难。我看老蒋的所谓三民主义，不过是他的政治幌子，他是背离了三民主义，走向独裁。就像老百姓说的，三民主义是民死、民亡、民灭主义。"

季振同赞赏道："中岳，你不愧是在日本军官学校留过学的，看问题尖锐！蒋介石说共产党是'赤党'，共产党的军队是'赤军'，想当年我们五原誓师的时候，人家共产党协助我们，那时候我们也曾被人们称为'赤军'！赤有什么不好？赤是红色的意思，真心为国家做事儿的人才真赤！"

黄中岳听季振同这样说，多少有些诧异。

季振同看看黄中岳："怎么了，我这么说不对吗？我问你，谁是真正的工农革命武装啊？"季振同没等黄中岳回答，自己说："得劳苦群众之心的军队，才是真正的工农革命武装。"

黄中岳望着季振同，会心地笑了。

正在这时，1团团副苏进进来报告，敬礼说："旅长，总参谋长命我传话，请旅长一聚，有要事相商。"

因苏进和黄中岳同为河南老乡，多年同事，又同留学日本，所以他们之间的关系密切，私交很深，同旅长季振同亲如兄弟。

季振同被赵博生和董振堂约到梅江边的永宁寺见面。他们各自的卫兵负责警卫，季振同带着黄中岳走进寺内。

永宁寺位于梅江西岸，宁都县城之南，始建于明朝万历年间。永宁塔俗称"水口塔"，高九层，清乾隆年间，塔顶被飓风刮去两层，仅剩七层。由于多年风雨侵蚀，塔檐毁坏严重，塔顶长满灌木丛，居然有棵树枝繁叶茂，像是给永宁塔戴了一顶沉重的帽子。

远处有高耸的翠微峰，近处有永宁塔，梅江的水波澜不惊地缓缓流动。

季振同虎背熊腰，一表人才，性格豪爽，说话痛快，他开门见山地问道："振堂兄，博生，把我约到这佛门净地，不是来抽签打卦吧？更不是看风景的时候。有啥需要我的地方，直说吧。"

赵博生："振同，我还真想让你看看这儿的风景。"

赵博生指着永宁塔说："知道这塔的名字吧？"

季振同笑笑："当地人都叫水口塔，也叫南门宝塔。"

赵博生："还叫永宁塔。永宁，多好的名字呀。无论哪个朝代的百姓都渴望永远安宁，安居乐业，安享太平。"

董振堂感慨："可是现在战乱纷争，生灵涂炭，民不聊生，再加上外强入侵，国无宁日，恐怕华夏之邦再无晴朗的天了！"

赵博生："我也有大厦将倾之感。振同，你知道吗，这永宁塔刚建之初，原高九层，清乾隆年间，塔顶被飓风刮去两层，仅剩现在的七层，已经风雨飘摇。这仿佛就是当今中国的缩影。"

季振同仔细地观察永宁塔，若有所思地点头，突然问："这塔顶上是棵什么树？不该长在塔上啊，怎么也没人清理？再这样长下去，树就把塔吃了。"

赵博生摇头叹息："大家顾自己的性命都顾不过来，谁还去清理一棵树哇？塔顶上的这棵树，是不是让我们联想到什么？那根扎得太深了，即使原本再坚固的塔身，任由这树根扎下去，终会有一天土崩瓦解……"

季振同审视着赵博生："博生，听你说话的语气，让我想起一个人来，以前咱们西北军时的政治部主任刘伯坚，刘主任。"

赵博生知道季振同对刘伯坚充满敬佩，他曾不止一次感慨地对部下说过："如果西北军的军官个个都能像刘主任那样，那咱们西北军就天下无敌了！"

董振堂笑了："对，看来博生得刘主任的真传哪。说实话，我很想念刘主任，当年他在西北军的时候，我们的军队何等的意气风发，何等的军纪严明，何等的兵强马壮啊！"

赵博生看看黄中岳，有些担心地说："咱们在这里谈论刘主任，会不会……"

季振同打断赵博生："博生放心，中岳是我结拜兄弟，如同我本人，不用避讳。"

季振同接着说："国共合作时期，冯先生请来了共产党人帮助其治军，分任西北军各部政治工作负责人，刘伯坚便是我季振同最钦佩的一位好朋友！我总觉得共产党人身上仿佛有一种特有的磁力，深深地吸引着我。当时咱们西北军中盛传着一句话——'听刘主任一次演讲，可抵三月饷。'只可惜，那段岁月太短暂了……"

赵博生和董振堂对视一下，那段岁月他们都同样难以忘怀。

赵博生很有深意地问季振同："你还记得刘伯坚主任临走前对冯将军说过的那句话吗？"

季振同："不敢忘记，刘主任说，冯将军既已决定与蒋介石合作，说明我们之间已志不同，道不合，只有分道扬镳。既然这一天来了，但请冯将军记住一句话，同蒋打交道，终有一天是要后悔的。"

董振堂："现在下野的冯将军岂止是后悔呀！我董振堂真是体会到了共产党的正确和伟大。"

赵博生："记得刘主任曾为我分析过当今的形势。他说，以中国地方之大，人口之多，地方军阀势力多如牛毛，层出不穷，各个省市都有自己的军阀。这些大小军阀相互混战，地方的统领多得让人目不暇接。已经持续十余年的军阀混战，对中国国内生产造成很大的破坏，军阀为在混战中取胜，搜刮百姓，扩军备战，让百姓苦不堪言。"

董振堂："第一次国内革命战争失败以后，军阀混战尤甚，白色恐怖弥漫，民不聊生，加之西北连年大旱，反动政府横征暴敛，人民生活依旧处于水深火热之中啊。"

赵博生："说到底，我们这支队伍，也是给军阀扛枪的，替中国最大的军阀卖命。可是我们当初穿上这身戎装的目的是什么？报国为民哪！说实话，我早就对老蒋的倒行逆施和累累罪行极为愤恨了，但出路何在呢？之前我还没有想出更好的办法来，所以我的心情一直处于徘徊和苦闷之中。"

季振同："博生今天敞开心扉向我倾吐所思所想，让我很感动。还记得 1930 年爆发的中原大战，可以说这是一场国民党内部的军阀混战，双方共投入了一百多万军队，持续了半年之久。这其中冯将军的讨蒋主力咱们西北军，更是倾巢出动。大战前期，蒋介石的中央军被打得节节败退，连老蒋本人都差一点儿成为西北军的俘虏！可至大战后期，东北的张学良通电拥蒋，并下达东北军入关的命令。顷刻间，几十万东北军杀进关内，这无异于在我们西北军的背后捅上了一刀，再加上蒋介石的分化和瓦解，二十多万西北军开始纷纷倒戈。走投无路的冯将军只能宣布下野，西北军的残部也不得不接受蒋介石的改编。我是一百个不情愿，一万个不情愿！说白了，谁愿意当后娘养的啊？"

董振堂："现在第 26 路军官兵更加痛恨蒋介石。我们进驻宁都后，是蒋介石把我们这支杂牌军摆到了两军对垒的最前沿，而且又让他的嫡系部队驻在广昌，堵住了我们北去的退路。第 26 路军的士兵不断有人开小差，路经南昌想跑回北方老家，被蒋介石发现后，便立即下令，只要能抓到，一律处以极刑！士兵们真是不寒而栗呀。"

赵博生："更要命的是，这种危急时刻，群龙无首，孙总指挥倒是想得开，把个烂摊子扔给李松崑，他自己到上海逍遥快活去了。"

赵博生的话戳到了季振同的痛处，他骂道："蒋介石就是瞎了眼，任用孙肉头当总指挥，他何德何能啊？为了让第 26 路军开赴江西，蒋介石把孙连仲请到南京，听说是用了重金收买，孙连仲才接受了命令，后来连给部队的军饷几十万，都装进了孙肉头自己的腰包，他哪管官兵死活？再说这个李松崑，什么玩意儿？拍马屁在行，用兵打仗就是个棒槌！让他代理总指挥，我季振同第一个不服！"

赵博生："振同一针见血！多数旅长、团长对李松崑都不服，他很难统率全军，总指挥的地位更是有名无实，第26路军现在处于无法收拾的状态。用心想想，国民党高喊什么'救党护国''爱国家爱百姓'的口号，其实都是欺骗我们为他们送死。"

董振堂："博生，快把那个催命电报给振同看看吧，咱们商量一下如何应对。"

赵博生把那份儿南昌行营下令"进剿"的电报交给季振同。

还没等赵博生、董振堂开口，季振同就大骂起来："什么'进剿'不'进剿'？我们前进是死，后退也是死，这是想让我们早点儿去阎王爷那儿报到！"

董振堂："对，英雄所见略同，我和博生也这么认为。当初蒋介石调虎离山，让我们离开北方，到江西与红军作战，就是想两败俱伤，消灭杂牌军，一箭双雕！"

赵博生："如果我们不采取果断的行动，第26路军保存的这点儿实力恐怕也将很快付之东流。"

季振同着急地问："那参谋长有什么好办法？我们南征北战，戎马半生，就剩下眼前这两万人马。"

赵博生看看季振同，又看看黄中岳："那我先问问你们，咱们还能打得过红军吗？官兵们还有没有勇气？"

季振同没有直接回答，而是让旁边的黄中岳来讲。黄中岳讲了一大通牢骚话："驻军宁都，官兵们衣、食、住、行都遇到很多困难，特别是士兵，面对四周都是苏区和红军，产生了'四怕'。一怕生病，疫病流行，缺医少药，大批人员死亡；二怕打仗，我军驻在两军前沿，时刻都有遭袭击的可能；三怕天天吃发霉的大米，咱北方人水土不服；四怕雨天行军、执勤，走不惯泥路。整个队伍士气极为低落。"

赵博生说："据我所知，还有一个弊病，战事不紧，赌风盛行。这么多人拥挤在宁都这小小的弹丸之地，大家情绪不高，手中无钱，赌风便开始盛行。"

黄中岳深有同感："是呀，总参谋长体察入微。士兵和下级军官大都是推牌九，营以上军官是打麻将。赌风一长，军纪颓废。晚上不睡，早晨不起，站岗放哨没精打采，平时生活吊儿郎当，甚至有的士兵因为钱互相打架斗殴，寻衅闹事。麻将这玩意儿，一沾上手就不好再脱身，在牌桌上坐下来，经常是从早起打到晚上，又从晚上打到天明，二十四小时连轴转。结果搞得头昏眼花，疲劳不堪，既输钱，又伤身体。但休息一两天，体力稍加恢复，手又痒痒了。这样周而复始，赌风缠身，坠入邪道。"

董振堂："部队有这种情绪，上上下下根本无心练兵作战。"

赵博生："对比红军队伍，又是另一番景象。他们的指战员有坚定的信念，不怕吃苦，不怕牺牲，而且军纪严整，团结互助。中村一战，第26路军27师师部几乎被歼，一个旅被消灭过半，这首战受挫，就是个极大的教训。"

季振同："照这么说，咱们不打就败了。不能都给蒋介石当了炮灰呀！"

赵博生："我今天就敞开了说，为了第26路军的前途着想，大战前夕，我曾派人去上海找过刘伯坚，可惜未能找到。部队进驻宁都后，我又亲自去了上海一趟，仍未如愿。面对此时的局面，我们第26路军两万余将士如同是坐在了火山口上。前进，后退，都是死路。困守在此也不行，咱第26路军多系北方人，在这阴雨绵绵的南方山区水土不服，加之疟疾流行，长此下去早晚得病死光。"讲到这里，赵博生深深地叹了口气。

季振同激动地说："博生，咱们想到一处去了！我也派人去找过刘主任，想让他给我们指条明路，可惜没找到。我74旅政训处长胡景陶，他是大革命时期的共产党员，我派他到山西、天津寻找过刘主任。"

董振堂笑了，慨叹道："咱们兄弟三个，真是知音哪。自从第26路军进入江西参加'剿共'以后，为了寻求出路，我曾带着刘振亚到南昌找共产党。后来，我请假回乡探亲，在回江西的路上借机到了上海，也是盼着能找到刘主任。但偌大的上海，共产党又处于秘密时期，到哪里找哇？半个月的上海之行，我空手而归。"

季振同："最近我听说刘主任在瑞金，不知道确实不确实？"

赵博生点头："我也听说刘主任在瑞金，好像任红军什么政治部主任。"

季振同一拍巴掌："那还犹豫啥？干脆和红军联合起来，回北方打日本！"

董振堂听了眼睛一亮。

赵博生故意沉吟了一下，顺水推舟说："振同远见卓识，博生赞同，不知绍仲兄意下如何？"

董振堂严肃地说："我赞成振同老弟的看法，这办法太好了，除此之外，也没有更好的办法了。不过兵法说，兵贵神速。"

赵博生又插了一句："不知中岳兄弟意下如何？"

黄中岳是74旅主力团团长，他和季振同是结盟兄弟，两个人都爱好打球，性格颇有些相同。

季振同未经思索，开口就说："我同中岳的关系，如同你俩的关系，用不着多费唇舌，你们让做什么，说就是了！"说完便哈哈大笑起来。

赵博生松了一口气，笑着说："咱们兄弟，做事都往一处想，目的一致，风雨同舟，患难与共！"

赵博生、董振堂、季振同三双手紧紧握在一起。

黄中岳看着眼前的情景，露出难得的笑容。

就这样，经过赵博生一番精心细致的工作，再加上当时革命形势的推动，季振同表示赞同起义。赵博生在争取季振同的同时，把黄中岳也争取了过来，后来黄中岳在起义过程中发挥了积极作用。

第十七章　起义迫在眉睫
全面紧急部署

　　为了即将来临的生死搏斗，第26路军地下党组织百倍地紧张起来，刘振亚等"特支"成员更是忙得不可开交。

　　1931年12月7日，宁都上空飞来一架国民党的小型直升机，盘旋了三圈后，在宁都城西北方向的翠微峰投下一个邮递筒。

　　赵博生身为第26路军参谋长，有代拆代行之权，邮筒要交由他拆阅。赵博生打开卫兵送来的邮筒，里边是蒋介石的手谕和从王超身上缴获的第26路军"特支"的两份儿决议案。蒋介石再次命令第26路军总指挥部火速缉拿三名共产党员，彻底清查第26路军内部的全部共产党。

　　情况到了万分危急的时候，任何的犹豫和拖延都意味着失败和死亡。

　　"特支"再次召开紧急会议，认为起义基本酝酿成熟，但第26路军作为国民党的一支杂牌军，这样一个大的武装集团突然起义，必须首先与红军取得联系，得到红军方面的绝对信任和支持。经研究决定：分党内党外两条线，分别派人前往瑞金联系，事不宜迟，越快越好。

"特支"决定派组织委员袁汉澄赶赴中央苏区瑞金。当晚，赵博生从执法队为袁汉澄提前开出了通行证，郑重地交给他，叮嘱道："时间紧任务重，此去瑞金，既要顺利地走出白区，又要安全进入苏区，还要万无一失回到宁都，沿途会发生什么问题，又应当如何去应付，你要提前反复想好，记牢。"

袁汉澄使劲儿点头。

赵博生再三嘱咐："此行至关重要，关系到第 26 路军的党组织、全体党员和整个第 26 路军的生死存亡、前途命运，务必要格外小心，务必完成重任！"

袁汉澄郑重地敬了军礼："请总参谋长放心，袁汉澄以自己的生命发誓，定当完成重托，不辱使命！"

刘振亚对袁汉澄说："你马上走，要争取最短的时间！记住，接头的暗号是'朱瑞叫我来的'。"

赵博生紧紧握着袁汉澄的手，用深沉的语气说："祝你胜利！"

袁汉澄（后改名袁血卒），1908 年出生于陕西省宁陕县的城关镇一个贫苦农民家庭。他自幼家贫，常常不能填饱肚子，全凭心灵手巧的母亲给人刺绣、裁缝衣服等勉强维持一家人的生活。1924 年，宁陕遭大旱，赤地千里，颗粒无收，他的四个姐妹、两个弟弟相继病饿而死。地主又串通县衙门逼债，使其父受尽凌辱。袁汉澄气愤至极，幼小的心灵从此埋下了复仇的种子。1926年冬，袁汉澄与同学相约到西安投奔了国民军，被编入了学兵连，后以优异的成绩考入西北军官学校，于1927年2月在学校秘密加入了中国共产党。大革命失败后，袁汉澄与党失去联系，几经周折，于1931年在上海找到了党。

从宁都进入苏区到中央苏维埃政府所在地瑞金，固厚是必经之路。宁都县城距固厚四五十里，中间仅隔着一条小岭，然而两边却是两重天。这边是国民党的统治区，那边是共产党领导的苏维埃红色地区，两边形成了不同的两个世界，中间有一段无人区。

袁汉澄凭着第26路军总指挥部执法队的通行证，通过了国民党军队的边界哨卡，再往前走就是苏区了。十万火急，刻不容缓，他鼓起勇气，迈开大步，疾行进漆黑的夜幕之中。

不知不觉天要亮了。突然，迎面传来叫声："站住！"山那边传来了回音，使袁汉澄吃了一惊。"哪里来的反动派？举起手来！"说着，从山里跑出来四个小伙子，其中两个戴着红领巾手持梭镖，两个年龄稍大点儿的端着步枪，上着刺刀。放哨的赤卫队员向袁汉澄要路条，袁汉澄没有。

四个人一拥而上，不由分说，把袁汉澄双臂反扭过来，五花大绑捆了个结实。四个人的眼睛瞪得鼓鼓的，刺刀对准袁汉澄的胸膛，骂他是敌探，要捅死他。袁汉澄急忙分辩，左说右说，但对方听不懂。袁汉澄是陕西人，他们的当地方言，他也大部分听不懂，一时急得满头大汗。袁汉澄认定他们是苏区的岗哨，急中生智，突然计上心来，便唱起了《国际歌》："起来，饥寒交迫的奴隶……"这个法子真灵，四个人惊奇地忙给他松了绑，簇拥着他到了设在固厚的彭湃县委办公室，这里也是县苏维埃所在地。此时，已经天光大亮。

这是一间普通的农舍，墙上挂着镰刀斧头标志的红旗。袁汉澄进来以后，随着进来很多头戴镶有红五星八角帽的男男女女。县委书记霍步青跟着进来。袁汉澄向他做了自我介绍，并说："是朱瑞叫我来的！"霍步青操着四川口音说："朱瑞我熟悉。"

霍步青带着袁汉澄到了另一间屋子，袁汉澄向他说明来意。霍步青说："事关重大，要抓紧时间！我派人把你送到瑞金。"说着，派人送来了肉丝炒米粉，招待袁汉澄吃了饭。袁汉澄跑了一夜，早已饿了，狼吞虎咽地吃起来。霍步青给了袁汉澄一匹马，并派人把他送往瑞金。

这天下午，袁汉澄来到位于瑞金东北五公里的叶坪。这里树木林立，景色如画。中华苏维埃中央政府、中革军委、红军总司令部和毛泽东主席、朱德总司令就驻在这里。

袁汉澄被带到楼上一间明亮的房子里，屋子里仅摆放着一张桌子、一张木床和几个凳子。很快，朱德总司令来了。

袁汉澄一听朱总司令的名字，紧张而兴奋地看着这位朴素的军人，不敢相信这就是大名鼎鼎的朱德总司令，真像做梦一样啊！

听着朱德总司令的问话，看着朱总司令和蔼慈祥的面容，袁汉澄感到倍加亲切，有些紧张的心情放松了，逐一回答了问题。

袁汉澄又详细地向朱德总司令汇报了"特支"准备组织暴动的计划。

朱德总司令赞同"特支"的计划。袁汉澄特意打听了刘伯坚。得知明天可以见到刘主任，袁汉澄掩饰不住自己的兴奋，不停地搓着双手。

袁汉澄在到瑞金的第二天早饭后，朱总司令主持召开了中革军委会议。

当袁汉澄走进来时，大家都站起来和他握手，这使袁汉澄有些羞涩和紧张。坐定后，他便向中革军委领导同志汇报了第26路军在宁都准备暴动的情况。军委领导同志做了认真讨论，分析了暴动成功的主客观条件，议论了万一失败需采取的紧急措施。最后由叶剑英总参谋长做了归纳。

其主要内容是：

一、用最大的努力争取全部暴动，成功的可能性是存在的。

二、如果不能全部起义，要以73旅、74旅和总指挥部掌握的部队，以"进剿"为名，在适当地点解决反动军官，实行局部起义，然后开到苏区来，并指定了进入苏区的路线。

三、暴动后，部队改编为红十六军，由赵博生、季振同、董振堂互推领导人。

四、万一暴动不成功，凡是暴露了的同志，如赵博生等人，一定要离开宁都到苏区来。没有暴露的同志继续隐蔽在第26路军中开展兵运工作。

五、由中革军委派王稼祥、刘伯坚和左权同志携带电台，到彭湃县苏维埃政府所在地联络指挥。

六、决定派红四军的部队在宁都东北20里的同会方向监视蒋介石的嫡系部队，以便相机予以协助策应暴动。

七、行动要机密，暴动的时间定为12月13日夜12时。

八、暴动时，在可能的情况下，把宁都地方反动武装头子严维伸、黄才梯逮捕起来。

面对军委研究的结果，袁汉澄很是兴奋，他的脑海仿佛出现了一幅周密、完整的暴动蓝图，一支新的革命武装随之诞生的壮丽图景！他从中感到自己使命的光荣。

与此同时，在宁都的73旅旅部，赵博生、董振堂、季振同和黄中岳在起义的愿望达成后，研究确定再联名给红军总司令部写一封信，由董振堂派人送往苏区。

董振堂把旅部参谋郭如岳叫到他的办公室兼卧室，请郭如岳替他写封信给红军总司令部。郭如岳很高兴，认真地记录董振堂的话，反复将稿子修改了几遍，誊清后递给董振堂看。董振堂逐字逐句地看，逐字逐句地改，力求简明、扼要、有力。然后他拿来一块红绸子，要郭如岳把稿子抄在上边，看着郭如岳把信折叠好，拿来针线，亲手把信缝在郭如岳的衬衣左襟里面。

董振堂取出一张 73 旅的侦探证交给郭如岳，叮嘱他，为防万一，要化装送信。

天将破晓，郭如岳穿戴好衣服化好装出发了。凭着 73 旅的侦探证，他顺利通过了步哨线。在到达固厚的时候，郭如岳也被一群手持棍棒、梭镖的少年盘查，郭如岳回答，他是宁都的白军，来当红军。少年们把他押到了彭湃县苏维埃政府所在地，向县长霍步青报告了发生的情况。郭如岳说，有机密话要说，是朱瑞叫他来的。在霍步青的一再要求下，郭如岳把写给红军总司令部的机密信交给他看，霍步青答应负责保密并签字。

霍步青安排郭如岳吃了饭，派人为郭如岳带路，二人骑上马下午就赶到了叶坪。

郭如岳见到了毛泽东主席与朱德总司令……

王稼祥、刘伯坚送袁汉澄行至叶坪村外。

袁汉澄带着中革军委和毛主席的指示，郭如岳带着党的重托和刘伯坚给季振同、赵博生、董振堂和黄中岳等人的回信，两人先后离开瑞金。

第十八章　出现意外波折
　　　　　推迟一天起义

　　中革军委的指示和安排以及刘伯坚的来信，大大鼓舞了赵博生、董振堂、季振同、黄中岳等人起义的信心。如果说前一段的工作还是起义的酝酿时期，那么现在就进入了具体紧张的实施阶段了。

　　"特支"认真研究了中革军委的指示，根据党在第26路军中所掌握的力量和士兵情绪，决定尽最大的努力争取全军起义，在向党员及有关人员宣传时，只讲全军起义方案，不讲局部起义方案。领导成员，特别是主要领导成员，都必须思想坚定，行动果断，全力以赴。

　　为了进一步坚定季振同起义的信心，彻底把他拉过来，使其全心投入起义，赵博生再次与季振同谈话，表明态度。赵博生开门见山地说："振同，我和振堂已经铁了心了，不给蒋介石干了，带领队伍当红军去，你的决心下定了没有？"

　　季振同对赵博生的谈话并不感到意外，现在有赵博生、董振堂等人一起干，他没有多少犹豫，表示赞同起义的主张。

当天上午，赵博生邀董振堂、季振同、黄中岳到宁都城南山上开了一个会，互推起义领导人。为了达到全部参加起义的目的，为了使起义更多一分成功的把握，赵博生称得上赤胆忠心，他抛开一切个人得失，坚决执行党的指示。

对于即将运抵的冬装和军饷，董振堂首先表态："眼下即将入冬，这批物资对于我们确实很重要。我们拿到手里也能给苏区政府减轻不少负担！"

季振同也说道："队伍穿上新冬装，吃一顿饱饭，拉队伍的时候情绪就更高了。咱们若拿不到，就便宜了朱绍良那小子。"

赵博生算了算日期，然后说："这批物资和薪饷到宁都最快也得 13 日。"

季振同果断地说道："我看，有必要把起义日期推迟一下，把现成的薪饷和冬装拿到手里再去苏区，你们看怎样？"

董振堂望着赵博生。

赵博生深感此事关系重大，从蒋介石南昌行营拍来缉拿共产党"特支"成员的电报，到这时已经是第四天了，到初定 13 日起义是八天，时间已经拖得不短了，如果再推迟起义，万一有点儿什么闪失，就有可能造成起义的失败或重大损失。

赵博生思考再三，回答说："起义的时间问题，非常关键，可以说关系到起义的成败。我提议，我们四个人再次联名给刘伯坚主任写一封信，看看他的意见。"

四人都表示同意。

分手时，董振堂再三叮嘱："要派可靠的人到广昌去押运物资，务必 13 日到宁都才行！"

赵博生："负责押运的人选要慎重，不能出任何问题。"

季振同笑了笑，拍着胸脯说道："这好办，押运任务交给我的副官李达去办。"

赵博生考虑了一会儿，说："可以，李达这个人沉稳可靠，而且还不知道暴动的事，不会走漏消息。"

四人商量好之后，便分头回去，开始做起义前的准备工作。

赵博生回到总指挥部，刘振亚、袁汉澄正急切地等在那里。赵博生把出现的问题和四人商讨的结果告诉了大家。

"特支"召开了一个紧急会议。赵博生说："我认为，季振同与蒋介石有矛盾，主张尽量避免与红军作战，以保存实力，他有寻找机会脱离蒋介石回到北方去的思想，起义他不会反对。同时，目前大势所趋，军心所向，也只有起义是他的唯一出路。据我分析，起义他是真心愿意参加的，只是介意无正式委任，怕受骗而有疑虑，毕竟他不了解红军和共产党。他提出的棉衣和军饷问题，也是一个实际问题。"

刘振亚讲道："季振同答应起义就好办，他的 74 旅在整个第 26 路军中底子最好，实力最强，这个旅能否参加起义，对全局有举足轻重的影响。至于番号问题我们再派人去瑞金，请示一下中革军委。"

"特支"成员完全同意赵博生的分析，立即决定，再派

172

袁汉澄赴苏区请示中革军委，要求把起义推迟一天，等发了军装、薪饷再起义，番号、编制问题请军委决定。

赵博生、董振堂、季振同、黄中岳四个人联名写好了给刘伯坚的信，然后派74旅1团1营营长卢寿椿为代表把信送往苏区，并随派74旅副官李达连夜赶赴广昌，催促骡马大车将棉衣和军饷日夜兼程迅速运至宁都。

袁汉澄于当天傍晚先于卢寿椿驰往苏区，向中革军委做紧急汇报的请示，以便早有思想准备。次日天明，袁汉澄到达固厚，在那里见到了驻在彭湃县苏维埃政府负责联络与指挥第26路军起义的王稼祥、左权和刘伯坚同志。由于问题重大，刘伯坚等当即电请中革军委。之后到来的卢寿椿递交了赵博生、季振同、董振堂、黄中岳联名给刘伯坚的信。

当晚安排袁汉澄和卢寿椿住在固厚，等待军委的答复。

刘伯坚特意安排袁汉澄和他住在一个房间里，想通过袁汉澄多了解一些第26路军的情况。

第二天，叶剑英总参谋长亲自送来了由毛泽东主席和朱德总司令签署的委任状。根据第26路军代表的报告和提出的问题，中革军委研究决定：

一、同意起义推迟一天，改到12月14日晚。

二、第26路军如全部起义，起义后部队编为中国工农红军第5军团，下辖三个军。任命：季振同为中国工农红军第5军团总指挥，董振堂任红5

军团副总指挥兼第 13 军军长，赵博生任红 5 军团总参谋长兼第 14 军军长，黄中岳任第 15 军军长。

另外，还送来一份用红笔标好的第 26 路军起义到苏区的行军路线图和驻地分布图。

为了答复宁都提出的具体问题，由刘伯坚亲笔给季振同、董振堂、赵博生写了一封回信，交给了卢寿椿。

由于时间紧迫，连夜安排卢寿椿先行离开固厚。袁汉澄后一个离开，临行前，刘伯坚叮嘱袁汉澄说："越是接近胜利，越要谨慎。"

袁汉澄和卢寿椿分别带着中革军委的答复和刘伯坚的回信顺利回到宁都。

刘振亚和赵博生听完袁汉澄的汇报后，表示一定争取实现全军暴动，但必须谨防意外事件的发生。为此，"特支"决定 13 日晚上召开行动会议，约赵博生、董振堂、季振同参加，制订暴动的计划。刘振亚提出，他和王铭五均不参加行动会议，由袁汉澄以"特支"的名义主持，之所以做这样的安排，是为了对付意外事件发生。他住在城东门外，可扼守通往苏区的道路；王铭五留在 74 旅，可掌握动静；袁汉澄熟悉前往苏区的道路，一旦意外事件发生，即按中革军委第一次的八条指示中的第四条行动。

第十九章　周密部署　迎接黎明

宁都城看起来还像往日一样平静。直到 13 日上午，74 旅的少校副官李达押着骡马大队，载着两万多套冬装和军饷，浩浩荡荡地进了城。

棉衣和军饷立即下发。领了军饷的军官和士兵们，穿上崭新的冬装，纷纷上街买日用品、纸烟和吃的东西，一时间古老的宁都城沸腾起来。而起义的几支骨干部队，正时刻处于戒备状态，随时准备紧急集合，执行各项任务。

13 日晚，"特支"在 73 旅旅部秘密召开了行动会议，赵博生、董振堂、李青云、袁汉澄参加了会议。会上袁汉澄传达了中革军委的指示。对起义后成立工农红军第 5 军团和起义时间推迟一天，大家都很高兴。

大家详细研究制订暴动的具体行动计划，集中讨论并通过了 14 日黄昏举行全部暴动的具体部署。会议决定：

一、14 日下午 4 时，全城换岗哨，任务由 74

旅2团负责。暴动时刻定于12月14日下午6时，利用薄暮后，人容易起恐怖心理，反动的就不敢动了。

二、赵博生以请谈话名义逮捕靖卫团团总和伪县长，然后由赵博生以执行南昌行营"进剿"为名，在总指挥部召开第26路军全体团以上的主官会议，并备酒菜招待，在会上宣布起义，借此将反动官长扣住，然后用他们的名义把部队调动起来，带到指定地点集合，力争全军全部起义。

三、孙步霞负责在总指挥部协助赵博生解决反动军官，并以鸣枪为信号，示意全部开始行动。

四、袁汉澄负责和王振铎、杨履元共同组织特务队，行动一开始就破坏电话线，并在街上检查巡逻各部行动，发现什么情况及时向赵博生、董振堂报告，以应付不意事变。

五、董振堂率特务连扼守总指挥部与74旅的中间地带，以取得多方面的联络与配合，准备策应对付意外的事变，并负责收拾靖卫团团长。

六、季振同负责自行挑选人员组织突击队警戒城西、北门，解决李松崑第25师师部与控制第27师无线电台，并派手枪队一连警戒总指挥部。

七、李青云带领其学兵连一部分控制第25师电台，并警戒县城的东大街与小东门一带，做董振堂的机动兵力。

八、郭如岳率领学兵连另一部分控制总部电台。

九、刘向三率领总部执法队部分人员协同学兵连解决总部监视电台，即蒋介石的特务电台。

十、刘振亚率其特务排，控制抵达苏区的交通线。

十一、李肃去病房，以苏维埃中央政府的名义慰问伤病员，宣传第 26 路军弟兄与红军是一家人，应该联合起来北上抗日。

十二、王铭五负责写和张贴宣传标语。

十三、赵博生和董振堂以私人关系争取起义前不久调任第 75 旅参谋长的边章五，掌握其所在旅。

十四、袁汉澄以师生关系争取第 27 师参谋处长王鸿章，掌握第 79 旅。

为了坚定季振同的决心，赵博生和"特支"决定将起义总指挥部设在 74 旅旅部，把一部分军饷也搬到这里。赵博生不带卫兵，只身一人出入 74 旅，表示一切信赖季振同。

为了团结和动员更多的部队参加起义，在公开场合，暂不以当红军为号召，强调要求抗日，绕道回北方去。暴动后，对反动部队按师部及时分别派人收拾，不听收拾者派队解决。

一切安排就绪。

大家都按"特支"会议的决定落实自己手头的工作。

会议结束后，董振堂回到 73 旅旅部。想到即将迎来的曙光，董振堂内心无比激动。他拿起纸笔，给河北老家的父母、妻子写了一封信。考虑到起义后，蒋介石会不择手段地迫害家属，董振堂对准备起义的事只字未提，只是在信末的一段暗示家中，需万事留神，最近可能有灾难，如遇灾难，就到当时驻防山西的长兄董升堂处躲避。因为山西是军阀阎锡山的地盘，蒋介石的势力不能在那里肆无忌惮，是相对比较安全的地方。

把这件事办完，董振堂吩咐警卫员高志中，召集部分下属军官到旅部开会。等大家都到齐了，董振堂站起来讲道："弟兄们，你们风里、雨里、战壕里跟我董振堂好几年了，在河南跟蒋介石大战几个月，我们的血差一点儿没流在一起，我们幸好没有死，要是死了才冤枉呢。你们摸摸枪膛还是热的，你们看一看刺刀上的血还没有擦干，死了的弟兄还没有埋，伤了的弟兄还没有药治，请想想，咱们打仗是为了谁？"

大家听得认真，听得伤心，忘了回答。

停了一会儿，董振堂又说："大家想一想，冯将军带着我们今日跟这个打，明日跟那个打，这么多年了，打来打去打出了什么？我们的父老乡亲还是像往常一样受苦受难。弟兄们！你们都是好样的，以前没有打过败仗，我们西北军的失败，是因为被自己人给出卖了！我跟弟兄们一样，也是被人出卖给蒋介石的！把咱们调到江西来打红军，红军同我们既无仇，又无怨，为什么要打红军呢？为什么不去打日本？

如今，日本鬼子侵占了我们的东三省，三千万同胞成了亡国奴。红军和我们无冤无仇，红军是工农的军队，我们在家不也是工人、农民？红军要打日本，咱们也要打日本，咱们和红军联合起来，弟兄们赞成不赞成？"

　　在场的大部分军官被董振堂诚挚无比的言语所感动，纷纷点头称是。因为他们信得过自己的老长官，从心底里愿意跟他走。

　　也有几个军官提出了异议："旅长，我们投红军，这不是跳火坑吗？"

　　"旅长！红军能要我们吗？能相信我们吗？会不会一过去就把我们杀了？"

　　董振堂等他们一一讲完，然后耐心地说道："我董振堂的为人你们应该知道，绝不会领着大家去跳火坑，即使前面有火坑，那也是我先跳！弟兄们，你们想一想，蒋介石把我们派到了最前线，与红军作战，我们损失很大，又不给补充兵员。以前有点儿重武器，却强令留在北方不让带，这分明是叫我们与红军兄弟以死相拼，两败俱伤啊！目前，我们困守在此，伤兵满营，缺粮少弹，可以说没有粮、没有钱、没有枪弹，士气如此低落。走不了，打不得，我们想活下去，就只有和红军联合在一起，共同打倒蒋介石，别无他路哇！"

　　这么一说，有异议的军官们心悦诚服了，纷纷表示："行了！我们啥都不说了，旅长，我们相信你，刀山火海我们跟着你去！"

董振堂见无一反对，便继续说道："感谢大家信得过我，弟兄们，这次，我董振堂带领大家一定走向光明！今日开始，各自回去把队伍带好，要抓紧时间训练，随时做好准备。另外，请众位务必保密！"

赵博生以参谋长的身份，也讲了话，他说："弟兄们！我跟你们一样是受骗的人，满脑袋装的是'剿赤''反共'，像政训员在墙上画的朱德，张着血盆大口，一餐要吃三个人的脑袋，简直是荒唐！很多人被俘，后来又被红军放回来了，其中不少人是我的老同事、老朋友，他们回来向我说了被俘的经历，打开了我思想上的闷葫芦。红军不杀俘虏，不搜俘虏腰包，官兵平等。他们的朱德总司令跟大家吃一样的饭，穿一样的衣服。"

赵博生又说："蒋介石从北方把咱们搞到江西来，不给面吃，好大米也不给吃，让我们吃发霉的大米，吃掺沙子带糠壳的大米，水土不服拉稀的不少，打摆子的多得很，差不多每人都打过摆子。蒋介石连基本的药物都不给吃，北门外乱葬岗子上埋的新坟，不都是咱们的弟兄吗？弟兄们，你们愿意把父母给咱的这几十斤埋在江西吗？"

"不愿意！"众口回答。

赵博生接着说："9月18日这天，日本鬼子的铁蹄踏进东三省，咱们那里有高粱大豆吃不成，咱们那里有森林煤矿开不成，咱们那里有地种不成，日本鬼子侵占了我们的土地，烧了我们的房屋，用刺刀挑死我们的婴儿，我们那里有三千多万同胞受着欺辱，弟兄们！你们愿意咱们的父老同胞做亡国奴吗？"

"不愿意！"军官们齐声回答。

"弟兄们！你们不愿意把自己的骨头喂江西的狗，你们不愿意东北同胞做亡国奴，那怎么办呢？上天无路，入地无门，那就只有另找一条活路！你们愿意吗？"

"愿意！"军官们按照他们的看法、想法，纷纷议论，有的说："不如上山当土匪！"有的说："当红军去！"

赵博生对他们的讲话，实际上是起义前的动员，军官们进一步认识到，过去打仗是为军阀争权夺势卖命。而今，蒋介石利用杂牌军与红军作战，又是为蒋介石卖命，唯一的出路就是另谋生路。这就为起义打下了一个较好的思想基础。

晚上，季振同的房间里坐着1团团长黄中岳、副团长苏进、1营长卢寿椿、2营长孙士荣和3营长严图阁等几员干将。季振同一扫往日喜欢说笑的习惯，表情十分严肃地说道："14日就要开始行动了，25师师长李松崑是最大的障碍，此人一贯反动，且异常狡猾。万一这家伙不来参加14日晚的宴会，那我们只好来硬的，坚决除掉他！"

季振同点燃手中的香烟，猛吸了一口，继续说道："卢寿椿明天去师部一趟，把那边的情况实地侦察一下。"

黄中岳在一旁补充道："1营、2营的部队这几天出早操，应以紧急集合跑步为名，要全副武装故意从25师师部门口经过，以麻痹他们，便于将来突然下手。另外，为保障起义顺利成功，众位必须特别注意保密，任何与执行任务无关的人员，均不得让其知道起义行动的任何消息。对于执行任务的部队，仅告知其执行任务所必须知道的情况，其他一概不要涉及。"

大家领命而去。

各旅的共产党员早已行动起来了，做了大量的宣传鼓动和争取工作。

这天晚上，熊伯涛在连部值班，点名的时间到了，恰好连长去团部开会去了。熊伯涛集合全连点名，按照西北军的开场白："兄弟们辛苦了！"

士兵们回答："为革命服务！"

按军规已经完成，但他接着又问："弟兄们！你们的回答对吗？我们现在是为革命服务吗？"

沉默了一会儿，1班班长愤怒地回答："不是的！"

熊伯涛跟上去说："1班长说得对，我们现在是为军阀卖国贼卖命，来打自己的兄弟。日本鬼子占了我们东三省，那里的几千万同胞过着亡国奴的生活，可是蒋介石以几万重兵堵住我们，不准我们北上抗日，硬要我们活活地困死在宁都。开到宁都以来，我们同生死共患难的弟兄们，死了几千人，再困下去，我们还有活路吗？"

士兵们骚动起来了，有的叹气，有的唏嘘，有的流下了眼泪。这时，又有人说："我们要设法和红军联合起来抗日就好了！"

点名结束后，士兵们纷纷议论起来。在熊伯涛的启示下，士兵们大都能认识到"要挽救国家的危亡，就必须抗日""谁阻止抗日，谁就是汉奸，我们就要打倒他"。公开地反对蒋介石的不抵抗主义。甚至有人喊："红军要求打日本，红军来了我们把枪交给他们好了！"

1班班长悄悄问："有什么办法吗？"

熊伯涛说："有办法，很快，大家听指挥吧！"

熊伯涛又找机枪连连长、副连长了解了情况。

9连一发动，3营其他几个连队迅速加入行动。七八连这些连长、副连长基本都是熊伯涛的军校同学，也跑来找他，他都做了大量工作，都表示，到哪儿都是当兵，到时一定不要忘了通知他们一声，一起行动。这就使3营做好了思想准备。

箭在弦上，一触即发。在那紧张的日子里，李青云根据赵博生的布置，带领全连到宁都城外长岭垴、老溪坝一带，连续几天以野外演习为名，熟悉到苏区的道路和地形，绘制了去苏区的路线图，图上标有第26路军宁都警戒线，万一全军一起不能成功，学兵连即以演习为名，越过警戒线向东插，经赖坊奔固厚，进入苏区。起义前一两天，学兵连官兵就全副武装，积极备战，兵不离营，枪不离手，背包不卸，抱着枪睡觉，随时准备紧急集合。

李肃在医院的病房里，公开宣传第26路军的弟兄们应当团结红军北上抗日。

"特支"成员王铭五夜间在街上书写大标语:"到红军中去!""红军与我们是兄弟!""打倒日本帝国主义!""收复东北三省!"

第26路军的每一个共产党员、起义的骨干都行动起来了,都在为起义做准备。

董振堂在积极地动作,季振同也没闲着。14日下午2时,季振同召开第74旅全旅营以上干部会议。季振同借发军饷、发棉衣之机进行动员训话:"弟兄们!日本帝国主义已经打到了东北三省,我们东北的父老乡亲正处于水深火热之中。谁无父母兄弟?我们堂堂七尺男儿,手持钢枪却不能为国效劳,为民尽责,上对不起祖宗,下有负于国民!"

季振同的讲话很有鼓动性,许多人流下了热泪。他接着说:"再看看弟兄们现在过的日子,我等困守宁都已近五个月,进有红军阻挡,退为蒋总司令所不容。现在冬无棉衣,食不果腹。城外四野埋遍了弟兄们的尸骨,我们背井离乡为的是什么?弟兄们的军饷哪里去了?都装到南京那些官老爷们的腰包里去了,都让他们盖房子,娶姨太太去了!弟兄们的血快要让他们喝光了!……"

季振同的讲话使士兵们很受感动。

"国家兴亡,匹夫有责。我们不当亡国奴。我们要自强,雪国耻,收复国土与主权!我们要有勇气,设法回到北方,坚决抗击日寇去!"

季振同讲了个把钟头,士兵们深受鼓舞。他们越听越爱听，有着一种从未有过的亲切感。

接下来总参谋长赵博生讲话，为了维护季振同的领导地位，赵博生慷慨激昂地说："一个旅好比海中的一条大船，旅长就是舵手，舵往哪里摆，我们大家就往哪里去，要绝对服从旅长的指挥！大家要拧成一股绳，不要互相拆台。没有事大家互相认识认识，拉拉老乡，拉拉家常，也好增强弟兄们之间的感情。"

季振同这一举动，对官兵们震动很大，也对其他旅产生了影响。

会议后，赵博生拿起电话交代任务，他通知总指挥部特务营营长："下午4点，74旅手枪队接防总指挥部的警卫，你们在驻地待命，另有任务。"接着，按预定的方式拘捕了伪县长温肇祥。

黄昏时，全城戒严，更换岗哨，切断通往城外的电话线，起义组织人员进入预定位置。

起义的决定性时刻终于来到了！

第二十章　大摆鸿门宴
起义获成功

　　赵博生准备摆一场"鸿门宴"。这场晚宴，事关起义的成败。

　　为了使总指挥部的"宴会"达到预定的目的，事前赵博生大造了一番舆论，派李青云、孙毅等人散布消息，说晚上的宴会准备得非常丰盛，有南京运来的白兰地、炮台烟，还有美国的水果，宴会以后还要打麻将，等等。

　　赵博生在总指挥部打电话逐一通知那些旅团长们，他谈笑风生，和平常一样，以至于有些部队主官竟提出要提前来总指挥部解馋。

　　董振堂、季振同也在打电话邀其老朋友、老部下："晚宴按时间来呀，兄弟一定奉陪到底！"

　　起义总指挥部对各师旅团的军官做了具体分析，早已摸清了底数，哪个会赞同起义，哪个会反对起义，哪个事先告知，哪个虽能参加起义，但不能事先告知，准备对坚决反对起义的人员到时一个不漏地逮起来。对如何捉拿代总指挥李松崑，事先派 74 旅 1 团卢寿椿营长以看望老朋友为名，亲自到 25 师师部进行实地侦察。然后，又研究了具体行动方案，指令负责捉拿李松崑的 74 旅 1 团的部队在早操和演习时，多次全副武装从 25 师门口路过，以麻痹其警卫。这样到突袭时，使他们不感到突然，从而便于执行部队完成突然缴械的任务。

赵博生把宴请团以上主官作为宣布起义的开始。为了在宴会上逮捕反动军官，会前严格要求做好保密工作。为了做到内紧外松，使所邀的军官都能按时来参加宴会，使起义在秘密中进行，除了起义中有任务的部队外，总指挥部下令，领到军饷后可以自由活动。于是，官兵们拿到薪饷，穿上新军装，纷纷上街购买日用品。宁都城内外的茶馆、酒肆到处挤满了有钱的大兵。整个宁都的气氛一时十分活跃、轻松起来。但那些和起义有关的人员，思想上的弦却绷得紧紧的，更没有心思上街。

为防止发生不测，起义总指挥部规定，起义的主要领导者，除了必要的活动以外，宴会前都要隐蔽起来。但为了起义的成功，他们都在宴会前的时间努力做着大量的争取工作。

1931 年 12 月 14 日下午，各方面的工作还在加紧进行。

2 点，季振同在他的住处召集 74 旅起义骨干的紧急会议，参加会议的有：1 团长黄中岳、团副苏进和 1 团的三个营长、副旅长兼 2 团团长曹金声、团副吴子罕和他们的三个营长。房子本来就很小，坐了十一个人，屋里更显得拥挤。大家又喝水，又抽烟，屋子里烟雾弥漫。

季振同态度十分严肃，会议一开始他就激动地说："各位，现在日本帝国主义侵占我东北，窥视华北，我们的祖国处在风雨飘摇之中，国家兴亡，匹夫有责，何况我们都是正规军人！我们坚决要求抗日，打回北方去，蒋介石却热衷于打内战，置国家、民族利益而不顾，我们再不能这样下去了，我们要绕道广东，然后再打回北方去。"

季振同讲得干脆，在场的人互相交换一下眼神，也有的会心地相视一笑，纷纷说道："行！没有别的出路，就照旅长说的办吧！"

接着，季振同下达了各部的具体任务，说完之后，季振同威严地扫了大家一眼，斩钉截铁地说："各部必须按时交接完毕，不得有误。大家如果都明确了自己的任务，就分头开始去执行吧！"

在这次会议上，季振同没有明确宣布要去当红军，是恐怕有部分人缺乏思想准备，会当场提出异议，节外生枝，影响起义计划的执行。而其中1团的任务在前天就已下达，为了保密，这些都没有在会上传达，2团的几个军官，虽不知情，但也无二话，受领任务后，即分头带队守城去了。

季振同叫传令兵王秉璋进来，嘱咐他道："今晚总参谋长的宴会设在总部二楼，各旅团长的传令兵都安排在楼下，这些人由你带队解决。你要记住，行动信号由1团柴副官发出。你们挑座位时，每人选中一个目标，如果那个兵的枪背在左边，你就挨在他左边坐，背在右边，就挨在他右边坐，到时好下他们的枪。剩下的人守住几个墙角，用枪逼令他们缴枪……"

同一时刻，紧临74旅的73旅旅部也在开着同样的战斗骨干会议，赵博生也特意赶来参加。到会的有董振堂、刘振亚、李青云、郭如岳、边章五等十几个人，旅部小楼的周围全是荷枪实弹的警卫。

在这个会议上，董振堂对73旅的具体行动任务做了周密部署。董振堂讲完之后，赵博生又强调说："情况大家都知道了，各团的任务也都明确了，今晚关键在各位！成功与失败，我们第26路军的前途和命运，我们每个人生死、荣辱的大事，全操纵在我们每一个人的手里！希望大家要万死不辞，争取起义成功！如果万一出了差错，不要乱，要有秩序地撤往东门，在南门外集合，白塔那边有部队接应我们。"

布置完之后，赵博生和董振堂便匆匆向总指挥部走去，准备宴会上的行动。

会后李青云回到学兵连，立即召集各班积极分子，激动地宣布："咱们就要解放了！"大家顿时沸腾起来。

接着李青云进行安排："今晚要特别加强警戒，从十字街口到东门和北大街，由学兵连负责，要设双岗，加固简易工事，来往行人凡答不上口令者，一律扣押。4班和7班，则由郭如岳指挥，去控制总指挥部电台。"

宴会的时间就要到了，赵博生在心里把每一个细节都反复想了又想，更加激动地等待着。

下午 4 点，74 旅 1 团 3 营在营长严图阁的率领下来到总指挥部。赵博生事先早已交代，总指挥部特务营营长把警戒交给 3 营，特务营另有任务，悄悄集合回驻地待命。由于 3 营和特务营的装备完全一样，哨兵的人数也没有增减，外人根本看不出总部已经换了警戒部队。

黄昏时分，全城换岗哨，实行戒严。任务由 74 旅 2 团担任。其他部队按预定的部署均各就各位。

下午 5 点 30 分，74 旅 1 团的部队按命令集合在预定地点开始赛球。此时，宁都城内表面上看来似乎很平静，然而，一场大规模的军事行动就要开始了。

宴请主官的"宴会"安排在总指挥部楼上，在东南角一间较大的会议室举行。根据计划安排，执法队员孙步霞、孙芳贵、张博泉等协助赵博生稳定会场，逮捕反对起义的人员，他们早早来到总部楼上。

74 旅 1 团副官柴登榜带领特务排，化装成传令兵，跟随季振同、黄中岳提前到达指挥部。

大概 6 点钟，天渐渐暗下来。除 25 师师长李松崑外，其余留在宁都的那些团长、旅长们，一个个全都应邀前来总指挥部参加"盛宴"。那些团长、旅长身后跟着护兵，骑马的骑马，步行的步行，一个个趾高气扬地走进总指挥部的大门。他们听说有从上海运来的白兰地酒、炮台烟，还有美国水果，饭后还要打麻将，让大家乐个痛快，所以来得特别踊跃。他们哪里知道，进了总指挥部的大门就像猎物进了猎人为他们准备好的圈套。

赴宴的人都进了总部大门，3 营营长严图阁率部队秘密而又迅速地把总指挥部包围得水泄不通。

赵博生站在院子里招呼旅团长们上到二楼，而那些随同前来的卫兵则被安排在一楼就餐，由柴副官柴登榜负责"接待"。护兵们一入座，就按照柴副官的安排，由特务排的人两个夹一个，把护兵们夹在中间。

楼上，除了 25 师师长李松崑称病未到，其余应来的军官都到了，他们的随身武器在上楼时交卫兵保管。

宴会开始。赵博生站起来说："总座在上海养病，却时刻挂念各位弟兄，特送来这些烟酒糖果慰问。今天请各位前来，一是感谢总座关心，二是有些紧急军务要和诸位磋商。咱们边吃边谈，请诸位自便。"赵博生招呼军官们先喝酒吃菜，军官们有说有笑，气氛热烈。

楼下招待卫兵的"会餐"也已开始。卫兵们互相敬着酒，吃着菜，整个场面立时热闹起来。

8 点左右，柴登榜站在总部大门口，看了看表，见时间已到，把手一招，两边的警卫迅速将大门关上。接着，柴登榜回到屋内，从兜里掏出一块儿雪白的手绢，擦一擦嘴，这就是楼下动手的信号。特务排的人立即掏出手枪顶住了那些卫士的腰，迅速下了他们的枪。其中有个卫兵反应快，摆脱左右的战士，跳起来伸手就要拔枪。季振同的传令兵王秉璋冲上去，一脚将他踹翻在地，随后将他牢牢制住。

楼下的卫兵被干脆利落地解决了。

74旅二十多名战士在焦连长的带领下跑步上楼，冲向二楼宴会厅，准备逮捕反对起义的军官。木结构的楼梯设在楼的正中，这么多人往楼上一跑，发出的声音很大，一个士兵由于精神过于紧张，不小心冲锋枪走了火，一梭子子弹飞上了楼顶。

楼下枪声一响，旅团长们立刻慌乱起来，寒暄的话语戛然而止，忙问："哪里在打枪？哪里打枪？"宴会厅里气氛立即紧张起来。

赵博生当机立断，站起来大声说："各位，不必惊慌！今天请各位来，意在商量我们的出路问题。现在国难当头，众将领对本军前途有何打算？"

众军官虽知有变，都不明内情，被总参谋长突然一问，一时不知作何回答，都把惊疑的目光投向总参谋长。

赵博生严肃地对大家说明了当前中国的形势和第26路军的处境与出路，应广大官兵的要求宣布起义参加红军，回北方抗日去，赞成不赞成的都当场表态。他慷慨陈词："众所周知，九一八事变，日本鬼子强占了我东三省，几千万同胞当了亡国奴。国家兴亡，匹夫有责我们是中国人，我们是国家的正规军人，中国军队要打，就应该首先是打鬼子！可是，蒋介石却置国家民族的危亡于不顾，硬是把我们拉到江西来打内战、打红军、打自己的弟兄，想以我们的牺牲和红军的鲜血为他清扫地盘。日本鬼子眼看就要打进关内了，我们北方的家乡眼看就要沦陷，我们自称是革命军人，可是有枪不能御敌，我们算什么军人？将来我们有何脸面见自己的北方父老？"

突发的枪声加上赵博生要起义参加红军的讲话都太突然，73 旅的郭道培、79 旅的李锦亭、80 旅的王天顺三名团长一时脑子里还没有转过弯来，他们只感觉有变，处境危险，便仗着年轻力壮，腿脚敏捷，先后迅速从窗口纵身跳下楼去，企图逃跑，但他们的脚尖刚一落地，就被早已守在院子里的严图阁带人抓获。

众军官已被冲上来的士兵们团团围住。

全场顿时静了下来。

赵博生继续说："我们目前困守在宁都，三面被红军包围，唯一的一条退路，你们也都看到啦，被蒋介石的嫡系部队堵死，长此下去，只有死路一条！现在，我愿意带众将领走一条光明大道，起义参加红军，回北方，打日本！"

大部分军官听后都表示赞同起义："我赞成参谋长的提议！"

"我愿跟参谋长去当红军！"

少数几个顽固分子反对。75 旅旅长张钫昭、81 旅旅长王恩布以及杨守道、曹明道等三四个团长较反动，坚决不同意，纷纷嚷嚷道："打日本我赞成，要当'共匪'，枪毙我吧，我不干！"

"搞兵暴，我才不跟你们走！你们暴吧，我不暴！"

孙芳贵、张博泉立即把这几名反对起义的军官捆了起来。

赵博生命令各旅长、团长留在原地，由各旅、团参谋长拿着他们的印章，以他们的名义回去调动部队，按指定时间带到指定地点集合待命；又让被逮捕起来的旅、团长交出私章，因为国民党军队规定，主官不在，必须有其私章方能调动部队。然后赵博生指派各旅团的骨干回去，以他们主官的名义调动部队，按照指定地点按时集合。

董振堂派边章五回去调动部队，叮嘱他："你们旅长张钫昭和两个团长已被扣押，你带上他们的私章，回去用他们的名义调动部队！"

与此同时，1营营长卢寿椿带人去苏家祠堂第25师师部拘捕李松崑。

总指挥部的行动按计划基本完成以后，赵博生命令孙步霞向空中鸣枪三响，这是预先约定的全军行动的信号。清脆的枪声划破了夜空，宣告全部起义开始！

各起义部队按预定目标一起行动，枪声、呼叫声、奔跑声、喊杀声响彻宁都城。古老的宁都沸腾了！

随即赵博生、董振堂、季振同、黄中岳等人立即赶到74旅旅部，开始指挥整个部队的起义。

宁都的对外联系主要靠电台，因此，在起义行动的同时，控制住电台尤为关键。当时，第26路军共有八部电台，其中总指挥部、25师师部和蒋介石驻第26路军特务部这三部电台，每天与南昌有联系，其余五部电台，因无战事没有启用。

为防止走漏消息，安排在宣布起义的同时，必须把电台全部控制起来，要求三部电台立即关机，人员一律离开机器。

在黄昏前，73旅参谋郭如岳就已带领学兵连曹光裕、索占荣、李沛林等八名学兵早早分散在25师电台周围，假装聊天散步。入夜以后，他们靠近了电台驻处。听到总指挥部的三声信号枪响之后，郭如岳一招手，战士们从四面八方迅速冲了进去。他们枪上刺刀，子弹上膛，四个学兵守住电台门口，四个学兵随郭如岳闯进报务房。

三名报务员正在聊天，一个人正在发报。

郭如岳站在他们面前命令道："停下，停止收发报！"

报务员看着郭如岳，不以为然的样子，神气十足地说："为什么？"

郭如岳上前将枪口对准他的胸膛。

报务员顿时慌了，赶紧摘下耳机，大声喊道："兄弟！误会！误会！"

郭如岳知道他们属于技术人员，对他们只能保护，不能伤害。于是让他们四个人并排坐好，态度和蔼地说："你们好好坐着，不要惊慌，也别跑出去，我对你们的生命负责。如果你们跑出去，遇到麻烦，我可不负责啦！"

在郭如岳的说服教育下，四个人慢慢平静下来。后半夜，郭如岳叫他们收拾好电台和行李。天蒙蒙亮时，接到命令，郭如岳和学兵们带领四名报务员携带电台顺利到达集合地点。

总指挥部上尉执法队员刘向三率领总指挥部特务营的一个排，负责控制蒋介石设在第26路军的特务电台。这天下午，王振铎带领刘向三、杨履元在城外山洞里开了一个会。王振铎传达了起义指挥部的指示，并告知"今天晚上有重大特殊使命"，但每个人的具体任务还不清楚，要求各自回队听候命令，注意各方面的反映，有什么异常情况，及时报告。

　　大家回到部队镇静地等待着。黄昏前，总指挥部来人要刘向三立即到指挥部。总部副官赵安恕对刘向三严肃地说："给你一项重要任务，参谋长命令你带特务营一个排，按时进入机要电台（蒋介石特务电台），把人员和机器严密控制起来，不准出半点儿差错！"

　　刘向三紧张又激动地说："坚决保证办好！"随后到特务营集合清点了一个排，并命令他们："一切听我的命令，任务是把守电台！"

　　出发的时候，楼上的宴请尚未开始。随着三声枪响，刘向三带人冲进了蒋介石特务电台的机房。

　　房间不大，里边摆满了机器和工作台。刘向三敏捷地上前命令电台人员："立即关机，不准离开，一切听我指挥！"

　　四名报务人员见状目瞪口呆，不知所措。

　　刘向三对他们解释说："这次是非常行动，全军要北上抗日，放心，只要服从命令，我们不会伤害你们的！"

　　报务人员这才安定下来。这一夜，大家谁也没合眼，但都没有一点儿倦意。接到集合的命令后，刘向三让士兵们抬着机器，同电台人员一起到城东南沙滩上集合了。

按照李青云的布置，73 旅学兵连 2 排 4 班在副班长谭志刚的带领下，包围了总指挥部电台机房。这里有一个手枪班担任守卫。战士们悄悄摸进去，里面的人正在睡大觉，等把他们叫醒，尚在蒙眬之中，不知发生了什么事，惶恐不安地问道："怎么回事？弟兄们，你们这是干什么？"

谭志刚大声宣布："我们执行命令！接管电台，从现在起，停止联络，把电台收起来！"

就这样，三部电台完全被控制。

宴会以后，学兵连的气氛十分紧张，没有派出去的士兵在连部待命，他们交头接耳，猜测着今天晚上将要发生的事情。

连长李青云回到连部对王际坦说："今天晚上的事情闹大了！"意思是参加起义的人数是原来意想不到的。大家听到起义的好消息，高兴地跳了起来："我们解放了！""我们当红军去了！"

接着李青云布置了任务，他说："今天晚上要特别加强警戒，从十字路口到东门、北门都要增双岗。加固简易工事，要荷枪实弹，注意来往行人，凡回答不上口令者，不论什么人一律扣押，关到连部空房子里。"

学兵们接到命令，马上赶赴现场执行任务。10 点钟下达口令为"解放"。在十字街口，一时答不上口令者就有几十人。他们中间有军官，有县里的官吏和地主豪绅等，他们都被学兵连的士兵关押起来。其中一个穿虎皮大衣神气十足的家伙说："为什么要关我们？咱们是一家人哪！"士兵们回答："你们是敌人，是压迫人民的吸血鬼。"

73旅特务连扼守在74旅旅部到总指挥部之间的路上，士兵们不断环视四周，注意着这里一草一木的动静，保证这段路程的通讯联络畅通无阻。

抓起来的反对起义的军官被押到9连连部关了起来。他们有的后悔不该来参加什么"宴会"，有的互相埋怨："我本不想来，你偏说什么今天有好吃的。可不！真尝到好滋味儿了吧！"但其中也有愿意参加起义的，由于事先未得到消息，事情来得突然，一时摸不着头脑，被抓了起来。跳楼被抓的团长李锦亭就是其中的一个。

李锦亭被带到9连连部，他见都是74旅的士兵，于是反应过来，大声嚷嚷："我和你们的季旅长、黄团长是老交情！我要见他们！"

焦连长事先已得到通知不要捆绑他，但由于枪声一响，他便跳楼了，按照预先的指示，士兵见有人跳楼，自然要把他捆绑起来。

焦连长差人把李锦亭送到74旅旅部，他一见季振同、黄中岳就不满意地说："你们这是干啥？为啥对我保密？难道我不干吗？"李锦亭对蒋介石不抗日、把第26路军调来江西打红军十分不满。他在公开场合曾经表示要当红军去，跟黄中岳说过不止一次。这个人行伍出身，快言快语，总指挥部怕他出乱子，没有提前把起义的时间、地点、方法告诉他，才发生了这场误会。

季振同忙上前给他解释："老弟！我们北上不成，只有另找出路，总不能在这里束手待毙呀！"

李锦亭仍不满意地放高嗓门："那为啥不早点儿告诉我？我早就有这个想法，不信，你问黄团长，我不是在他面前说过嘛！"

李锦亭又气呼呼地冲着黄中岳喊道："黄本初！你说说，我是不是当着你的面讲过？哼！你们看不起兄弟，事先不通个气儿！你们瞧，差点儿把腿摔断了！"

季振同连忙派人叫军医来给他看伤。

李锦亭一瘸一拐地走着，摇着手说："用不着，用不着！幸亏楼不高！"

黄中岳也一再给他赔不是，解释说由于考虑不周，让他受惊了，并趁机做他的思想工作，晓以大义，讲清道理，说明行动计划，希望他和大家一起行动，回去把队伍拉出来。李锦亭知道了事情的原委，便痛快地答应下来。

两点以后，城内的枪声停止了，季振同就让李锦亭回去集合部队。结果李锦亭不仅带来了他那个团，还把他们师的另一个团也给带了出来。

捉拿李松崑是当晚的一项重要任务。

74旅1团1营营长卢寿椿率队去苏家祠堂25师师部执行捉拿李松崑的任务。李松崑作为25师师长、代总指挥，赵博生设宴当然首先要请他参加并主持。但李松崑老奸巨猾，见势头有所异常，便称病没有参加，而且下令在师部门口增加了岗哨。除了平时门外的两个岗哨外，门内又增加了两个内岗，身背冲锋枪，腰插盒子枪，子弹上膛，如临大敌，处于高度警惕状态。

卢寿椿带队冲上去，一到门口，二话没说，按照行动方案，上去几个人把门外两个哨兵抱住，其余的人就想往里冲。门里的哨兵见他们来得这样突然，弄不清是怎么回事，没容考虑，两个哨兵"突突突"就是两梭子弹。往前冲的人毫无防备，前边的五个人应声倒下，刘伟洲、刘文魁二人当场死亡，三人受伤。后边的人稍一迟疑，门里边的士兵"哐当"一声，把两扇漆黑的大门关得死死的。卢营长等被关在门外，再想冲，已是冲不进去了。

卢营长叫里边开门，里边根本无人应声。双方僵持着，谁也不打枪。里边不开枪是摸不清底细，不知道来的人是谁，到底想干什么。外边不开枪，是怕惊动了城外的部队，打乱了整个起义计划。但卢营长心急如焚，他带人到祠堂的四周察看，墙都很高，根本上不去。于是，他们便在门外四周叫嚷、威胁："再不开门，就放火烧房子啦！""要用炸药炸了！""快，把煤油桶拿来！""把枪交出来，把李松崑交出来，其他人统统没事儿！"

这样相持的时间很长，但毫无结果。就在这时，从西边副官处来了一个人，这个人只有一只胳膊，他正是少将副官长赵志奇，人称"独臂将军"。他素以老资格和功高自居，见部队之间发生了冲突，就说："好好好！你们两家不要打了，我替你们当说客去！"

卢营长听他想当"说客"，很是高兴，感到事情有些进展。但这是武装起义，遇到这种新的情况，能不能让人进去，不敢擅自做主，便亲自跑到74旅1团报告情况，请示办法。

团部只有苏团副在这里坚守。卢营长报告之后，苏团副提出两条：一是同意他进去当说客，二是必须把枪交出来，把李松崑交出来。

说完，他又打电话请示季振同，经季振同同意，卢营长回去对赵副官长说："行！只要他们交枪，把李松崑交出来，我们保证他们的人身安全！"

赵副官长去叫门，里边开门把他放进去。大约过了半个小时，赵志奇从里边出来说："里边不愿意交枪，说太丢人，今后大家的面子不好看，不过有个变通的办法，交出枪的撞针行不行？"

卢营长不禁笑了，这可真是吊死鬼擦粉——死要面子。枪卸了撞针，不和烧火棍差不多了嘛，就是不愿意交枪。于是便问："行，那李松崑呢？"

"他们说，你们进去自己找！"

卢营长掏出怀表看了看，已经12点多了，担心拖下去会影响整个起义计划，就点头同意了。

赵志奇进去不大一会儿，两扇漆黑的大门就打开了，里边派人送出来一百多根撞针。

卢营长带人闯进去，但不见李松崑。于是派人四处搜查，整个屋里、院子里都搜遍了，也没找到李松崑的踪影。

后来经过多方了解，反复做工作才知道，早在双方对峙时，李松崑已吓得屁滚尿流，由两个护兵架着，翻过后墙逃跑了。他们先向北门跑去，这里是74旅2团曹金声的部队把守，根本出不去，最后他们跑到城东北角爬绳而逃，跑到离宁都城四十里的砍柴岗，把那里的一个团拉走了。

两点多钟，卢营长带着队伍回到团部大院，向苏进报告了捉拿李松崑的情况。

苏进马上向季振同报告："李松崑跑了！"

季振同十分着急，遗憾地说："怎么能让他跑了呢？那太便宜他了！"

后半夜，74旅1团3营和团直集合在县衙门的院子里待命，部队没事干，于是，在这里带队的团副苏进便给旅长打电话，提出三条建议请示批准：第一，把宁都县国民党县长抓起来；第二，把宁都县靖卫团的枪缴掉；第三，派一部分人去打土豪。

季振同同意了第一条，电话就中断了。苏进拿出自己的名片，派两名传令兵去请宁都县长到团部来。

县长姓温，是本地的一家大财主，肥头大耳。他正在睡觉，传令兵叫醒他，他睡眼惺忪，不满地说："半夜三更，有什么事儿？"边说边扣扣子，边往外走，当他走到院里，看到这么多士兵整齐地坐在地上，气氛十分紧张，他吓出一身冷汗，一阵阵筛起糠来，没容他再开口说什么，士兵们就把他押起来了。

接着，74旅1团通讯排向团部报告："有些人自由行动，到街上抢铺子去了！"

团副苏进接到电话，赶忙带了几个人上街去看看是什么情况。他们见有七八个人在一家铺子里正在捆扎东西，准备拿走。店老板和伙计吓得浑身哆嗦，站在那里不敢说话。苏进严肃地问："你们这是干什么？"一个士兵结结巴巴地说："不是革命……了嘛，我们在打……土豪。""这是土豪吗？谁叫你们这样干的？乱弹琴！把东西统统放下，赶快回去！"经过说服教育，士兵们放下东西回部队去了。

后来经过追查才知道，在苏进给季振同打电话请示打土豪时，有个传令兵听说"要打土豪"，就把这事儿作为特大新闻告诉了通讯排的人。有人听说过红军打土豪，于是就自作主张，在还不知道打土豪是什么的情况下，就上街来抢铺子。平息了这场乱子以后再没有发生类似事件。

73旅的行动也十分顺手，只是在夺取总指挥部电台时，遭到了顽强抵抗。董振堂闻讯亲自赶到现场指挥，仅十几分钟就解决了战斗。

天色微明，街上许多人在贴标语："打回北方去！""打倒阻止我们北上抗日的蒋介石！"

1931年12月14日夜，宁都城内度过了一个沸腾的夜晚。

由于起义总指挥部对起义行动部署周详，兵力配备得当，各执行任务的部队顺利完成了总指挥部交给的任务，使整个起义获得了全面胜利。

第26路军全军起义成功了！赵博生、董振堂、季振同都不敢相信，他们几乎是"兵不血刃"地完成了全部起义的任务。

宁都城宣布临时戒严，重新颁布口令。赵博生万分激动，挥笔写了"解放"两个字，交给袁汉澄。袁汉澄当即找王振铎一起把新的口令迅速传开。

黄中岳从旅部回来，高兴地说："大规模的起义已经成功。除了驻宁都以北砍柴岗的一个团被李松崑拉走以外，第26路军全部参加起义了！"听到这胜利的消息，大家高兴地跳起来："我们胜利了！"

黄中岳又对苏进说："我们团的任务是殿后，以防中途出现什么意外情况。"

离开旅部前，季振同派少校潘参谋在宁都负责留守工作，照管伤员和一部分军械、弹药、被服等物资，对被扣押的那些旅长、团长，等部队离开宁都以后，把他们放掉，每人给三百元路费让他们各奔前程。但潘参谋怕部队离去后，宁都成了一座空城，担心红军打进来，不敢接受任务。季振同非常恼火，当场要以不服从军事调遣执行军法，命令拉出去枪毙。大家再三劝阻，季振同才饶其不死。但决定撤去少校参谋职务，降为差遣，勒令执行留守任务。

拂晓，全城响彻"解放""自由"的欢呼声。在曙光中，插在总指挥部屋顶和城门楼上的鲜艳红旗，在宁都古城上空迎风飘扬。到处墙壁上都是新刷写、张贴的标语。

天大亮了，红艳艳的太阳照耀着梅江两岸。经过一夜紧张的组织、争取、战斗，部队在宁都城东南山的宝塔下、梅江的沙滩上集合了。

边章五不负众望，成功地带出了75旅全旅官兵。李锦亭在27师参谋处长王鸿章的配合下，不仅带来了自己的那个团，还把79旅另一个团也拉了过来。起义官兵们在白塔下不停地欢呼、跳跃。

经清点，除25师逃跑的师长李松崑带走了城北四十里外驻砍柴岗的一个团，整个第26路军全军一个总部、两个师部、六个旅部、十一个团部、四个独立营、一个总部直属队，共计一万七千余人，携带着两万多件武器全部参加了起义。驻守宁都城的季振同74旅的第1团，成为进行起义的中坚力量。

赵博生、董振堂、季振同站在高处，望着眼前浩浩荡荡的起义队伍，他们格外激动和自豪。

宁都起义成功了！多年以后，已经成为共和国中将的孙毅将军回忆说："没有共产党员赵博生处在参谋长的位置上，蒋介石那个一网打尽第26路军内共产党员的密电和手令，就可能使第26路军中的党组织遭到严重破坏，起义就不可思议；没有赵博生在这支军队中享有的威望以及他在上层军官中艰苦细致的工作，起义就不可能有这么大的规模，也不可能进行得这样顺利。"

一切都不是无缘无故。所谓一个人的使命，在那一刻属于他的特定时间之前，肯定已经在生命中不断显现。筹划和准备起义的过程中，赵博生无暇去想个人的事情，到了忘我的程度；紧张和激烈的起义过程，身负指挥重任的赵博生，又是在极度的兴奋中度过，更须深谋远虑，见微知著，全面顾及：南昌方面需要妥善应付，而起义事情千头万绪，稍有疏忽，就可能前功尽弃，造成不堪设想的后果。在这紧要关头，赵博生表现得沉着、勇敢、坚毅、果断，显示了卓越的军事才能。现在起义大获成功，终于迎来了曙光和黎明！

赵博生和季振同、董振堂简单交换了几句后，大踏步来到队列前，以铿锵的语言向全体官兵大声地宣布："弟兄们，我们起义成功了！我们再也不用受蒋介石的欺负了！"

赵博生带头扯下军服和帽子上的国民党领章、帽徽、胸章，又把一面青天白日旗撕碎踩在脚下："弟兄们！从现在起，我们和这些东西永别了！我们马上开到红军那边去！和红军弟兄们一起打日本，救中国！"

霎时，起义官兵群情激昂，响起震天的欢呼声和惊天动地的口号声：

"打倒蒋介石！"
"回北方打日本！"

"打倒祸国殃民的国民党反动派！"

"打倒军阀！"

"打倒日本帝国主义！"

董振堂、季振同也带头撕掉了国民党的领章、帽徽。

河滩上到处是被践踏的军旗、领章、帽徽和臂章等。

有的人举起事先准备好的镶有镰刀斧头的红旗。

赵博生宣布："由董振堂率 73 旅为前锋，出东门，过梅江，开往中央革命根据地，其他各旅依次跟进，季振同的 74 旅殿后，黄中岳、苏进率领的 1 团最后离开宁都城。"

赵博生挥手率部跨过梅江，迎着朝阳，浩浩荡荡地开往苏区。

第二十一章　红 5 军团诞生 部队接受整编

　　依照命令，那几个被扣押的旅长、团长在部队离开后每人发了点儿路费，就地释放了。

　　此刻最忙的要数卫生队长姬鹏飞了，旅里有一台 X 光机，加上笨重的包装箱，有好几百斤重，几个瘦弱的医护人员折腾了大半天，连院子都没出，丢下又觉可惜，怎么办？

　　姬鹏飞一路小跑赶到团部。此刻苏进带着随行人员即将出发，见到大汗淋漓的姬鹏飞，苏进问："收拾完了没有？要出发了。"

　　姬鹏飞喘着粗气回答道："苏团长，帮个忙，把 X 光机带走吧！"

　　苏进一听，明白了，那台机子是从德国进口的，是个宝贝。于是吩咐身边警卫排的战士，无论如何，也要把机子扛到苏区。

　　X 光机进入苏区后，发挥了巨大作用。王稼祥、陈毅等许多官兵负伤后都使用过这台机器。枪林弹雨中，它伴随着红军长征到达遵义，直到遵义会议召开，部队必须扔掉包袱，轻装前进了，它完成了自己神圣而光荣的使命。

上午八九点钟，太阳已经很高了，宁都城内没有别的部队了。74旅1团作为殿后的部队完成了任务，团长黄中岳命令掌旗官，扔掉国民党的军旗，出东门，穿过梅江上靠南边的一座木桥追赶前面的大部队。在他们过桥时，看到北面另一座木桥上正有一支红军开进宁都，他们正是红12师，根据中革军委的指示，红12师在陈光师长的率领下在宁都城外完成了配合第26路军起义行动后，浩浩荡荡开进宁都城。

赵博生和季振同、董振堂带领着队伍向红军苏区进发。

根据中革军委关于第26路军起义后进入苏区的行军路线，第一站是距宁都六十里的彭湃县苏维埃政府所在地——固厚。

起义部队一万七千多人，如同一条巨龙，蜿蜒而行。进入苏区以后，官兵们感到耳目一新，这里山清水秀，百姓安居乐业，军民一家。苏区和白区截然不同，田野里的农民满面笑容，男女老少笑逐颜开，见到部队频频招手致意。沿途经过的村庄，街道的墙上写满了大标语："欢迎第26路军官兵起义当红军！""团结起来一致抗日！"

傍晚，起义先头部队快要到达固厚了，只见少先队、儿童团、男女赤卫队员，唱着歌，敲锣打鼓，举着五彩小旗前来迎接。

起义官兵看到这样的场面很感动，他们实在想不到会受到如此热烈的欢迎。有人说："多年来我们南征北战，出生入死，但从来没有遇到过这样的场面。"有人说："过去我们是为军阀卖命的，现在不一样了！"自从他们来到江西，群众遇见他们不是躲避，就是投来仇视的目光。而今成了红军战士，受到群众如此欢迎，他们感到了苏区的温暖，感到红军战士的光荣，也有人为此流下了热泪。

　　中革军委派出以左权为团长的代表在固厚迎接起义军。

　　这时，忽听见前边有人喊："刘主任来了！刘主任接我们来了！"

　　只见刘伯坚、左权身着整齐的灰色军装，头戴八角帽，穿过欢迎的人群向起义队伍走来。

　　赵博生、董振堂激动地急忙大步迎了上去，和刘伯坚、左权亲切握手互致问候。

　　刘伯坚说："欢迎你们！党欢迎你们！红军欢迎你们！人民欢迎你们！"

　　他们的手握得更紧了。

　　刘伯坚拍着赵博生的肩膀风趣地说："蒋介石让你这参谋长严缉共产党，你却把队伍带到共产党这边来了。蒋介石可要通缉你这个参谋长啊！"

　　赵博生激动地说："让蒋介石通缉我吧，我这把骨头是属于苏维埃的了！"

　　刘伯坚转身对董振堂说："绍仲，我们是多年不见的老朋友了。你们写的两封信我都看了，真是一字一泪，一句一条血痕哪！"

董振堂怀着感激的心情说："刘主任，你是我走向光明的引路人哪！"

季振同的74旅是到达固厚的最后一支部队，当时天已经很黑了，黑黢黢的村庄，人们举着火把列队站在大路两旁，喊着欢迎的口号。

苏区人民这样的举动，官兵们的眼睛湿润了，他们觉得苏区的人民并不陌生，而是那样的可亲可爱。

刘伯坚站在那里，在熊熊燃烧着的火把的照耀下，帽子上的那颗红五星闪闪发光。见季振同、黄中岳从队伍中走出，刘伯坚忙迎上去，紧紧握住季振同的双手激动地说："昨天晚上我一夜都没有睡觉，担心你们几个万一牺牲了。谁想到你们搞了这样大的规模！我真替你们担心哪！"

季振同说："我们也很紧张，好在提前做了十二分的准备，等于兵不血刃把队伍拉出来了。"

刘伯坚感慨地说："原先估计你们要流血，要伤好多人，所以我们动员了很多苏区群众抬担架来接你们，结果一看你们的队伍，担架根本用不上了。"

大家听后开怀笑起来。

固厚，是个不算太大的村子。当晚，部队在这里宿营。群众为部队腾出了房子，苏维埃政府送来了粮食、蔬菜和肉。官兵们吃着这进入苏区的第一顿可口的饭菜，深深体会到红军和白军的不同。

晚饭后，在一户老百姓的堂屋里，赵博生、董振堂、季振同、黄中岳、王稼祥、刘伯坚等人围桌而坐，热烈地交谈着。大家一起研究讨论由刘伯坚起草的《中国工农红军第五军团宣言》（以下简称《宣言》），获得了一致通过。

1931年12月15日晚上，无线电波载着原国民党第26路军一万七千余名官兵的肺腑之言，正式向全国广播。

《宣言》像漆黑夜空中一道耀眼的闪电，像沉闷宇宙中一声震耳的惊雷，向全中国人民庄严宣告："原国民党第26路军广大官兵，不堪忍受国民党军阀头子蒋介石的压迫，高高举起革命的旗帜，集体起义加入红军。具有历史意义的宁都起义胜利了，光荣的中国工农红军第5军团诞生了！"

次日清晨，旭日东升，晴空万里，起义部队集合在打谷场上，在这里召开了欢迎第26路军光荣起义和红5军团命名的大会。

队伍前面放了一张大方桌，刘伯坚炯炯有神地站在方桌上，操着浓重的四川口音，大声说："同志们！热烈欢迎国民党原第26路军广大官兵光荣起义，并加入红军！在中国革命艰苦的时刻，你们站到共产党和人民方面来，这是难能可贵的。你们的行动，向全国人民宣告，中国共产党要抗日，这是人民的愿望。同时，也是给国民党中有血性、有正义的爱国军队指出了一条正确而光荣的道路。因此，你们这一壮举，将流芳百世，在中国革命史上将永远记载着这光辉的一页！"

会场上不时响起雷鸣般的掌声，有人欢呼，有人跳跃。"共产党万岁！""反对日本帝国主义占领东三省！""拥护苏维埃中央政府！"等口号此起彼伏。

在热烈的掌声中刘伯坚宣布："中华苏维埃中央政府和中革军委决定，授予起义部队以中国工农红军第5军团番号。任命季振同同志为红5军团总指挥，董振堂同志为红5军团副总指挥兼13军军长，赵博生同志为红5军团参谋长兼14军军长，黄中岳同志为15军军长。"

接着刘伯坚又宣读了《宣言》。最后，他号召："红5军团的指战员们，要紧密团结，高举革命的旗帜，为解放中国几万万被压迫的工农群众，为中国真正的独立与统一而英勇战斗！"

新任参谋长的赵博生代表起义官兵讲话，他站在台上，心潮澎湃，自己多年的愿望实现了，他的心情十分激动，此时显得更加年轻英俊、意气风发。他句句感人的肺腑之言代表了全场官兵的心愿，感动着在场的每一个人，赢得全场阵阵掌声。

新任总指挥季振同在热烈的掌声中宣誓就职，大会宣布结束。

宁都起义胜利后，为了把这支旧军队改造成为真正为工农劳苦大众服务的革命武装，在中革军委的直接领导下，部队以各军为单位，按照中革军委制定的行军路线，先后出发，向着整训驻地开进。

按照毛泽东关于建设红军的原则，首先确立党对这支部队的绝对领导，建立了政治委员制度，团以上设政治部，党支部建在连上。党从红1军团、红3军团等部队中抽选大批优秀干部充实到红5军团工作。任命萧劲光任红5军团政委，刘伯坚任政治部主任，第14军由黄火青任军政委，第15军由左权任政委。

红5军团政治部主任刘伯坚，在部队起义和整编中发挥了巨大的作用。他在原西北军担任过总政治部主任，许多军官、老兵都认识他，在起义部队里有着崇高的威信。他理论、文化水平高，具有非凡的组织才能，且多才多艺，文章、诗词、书法，无一不精。从来到红5军团的第一天起，刘伯坚就没有睡过一天安稳觉。白天，他跑遍九堡、沿坝、石城三地，和每一位团以上军官谈话，非常细致地做他们的思想工作；晚上，他要整理笔记，形成思路，以便第二天更好地开展工作，因此每晚只能睡上三四个小时。

蒋介石命令飞机在红5军团驻地上空撒传单，一场对这支起义部队争夺与反争夺的斗争已经展开，并呈胶着态势，刘伯坚身上的担子更重了。

派到这支起义部队工作的政工干部，很少有人在国民党军队里干过，以前他们一直认同国民党军队是作战对象。而今，起义官兵已经参加红军，不再是敌军而是友军了，刘伯坚经常教育红军干部们，要改变认识，要从团结的愿望出发，对部队进行教育改造工作。

面对这些下派的革命干部，赵博生大力协助，主动配合。这支刚刚起义过来的部队，虽然改称为红军，可是官兵们在思想、行为上，仍然表现出旧军队的许多陋习，不习惯红军生活，受不了红军的严明纪律约束，影响了部队官兵关系及战斗力，赵博生对此极为重视。他非常尊重党派到红5军团来工作的干部，不但注重向他们学习，尽力纠正旧军队中一切非无产阶级的思想作风和领导方法，带头拥护党对这支部队思想上、政治上、组织上的改造，积极协助党组织和政治委员做好干部、战士的工作，而且经常深入部队，与下级官兵同甘共苦，加强交流，告诫并鼓励士兵："要遵守党的纪律，加强团结，去掉不良作风，我们长期生活在旧军队里的人对这些开始可能不习惯，有不少困难，但是不要向困难低头，为了解救全中国的劳苦大众干革命，是至高无上的任务，我们的幸福日子，就在前头了。"

为了向兄弟部队学习，赵博生指示，每个连选派两名代表组成一个有各级干部参加的二百多人的参观团，由侦察科长孙毅带领，到驻会昌的红3军团和瑞金总部参观学习。临行前，赵博生指示孙毅："你们到了那里，要有礼貌，处处要虚心。"

参观团在红3军团受到彭德怀和滕代远的热烈欢迎。

参观团离开红3军团奔赴瑞金。瑞金虽是只有一万多人的一个小镇，但由于它四周的沙洲坝、叶坪等较大的村庄分驻着中共中央机关、红军总部、红军学校等机关，所以当时它的名声赫赫。瑞金城内只有一条较大的街道，但十分整齐，两旁的小店铺很多。参观团一进入瑞金城，感到处处新鲜，每条街道、每座建筑、每条标语都给他们留下了难忘的印象。

这次参观学习对革除旧军队的军阀作风，充分发扬民主，体现真正的官兵平等，发挥了重要作用。

整训期间，经过教育和培养，很快吸收了一批党员，以增强改造这支部队各个层次的骨干力量。

整训期间，红 5 军团不仅组织参观团到兄弟部队学习，把老红军的传统和作风带回了部队，而且各军还进行了相互参观学习，交流改造这支部队的经验和做法。通过这项活动对加速部队的改造发挥了重要作用。

在这段时间里，政委萧劲光、政治部主任刘伯坚，各军、师政委和从红军中派来的各级政工干部，以身作则，把红军的政治工作、带兵方法、经验和作风带到了红 5 军团。他们和起义干部和睦相处，相互尊重，相互支持，关系融洽。他们深入连队，帮助新提拔起来的基层干部用红军带兵和民主的方法管理士兵。他们尊重和爱护士兵，把自己融入了这支部队之中。

红 5 军团经过整编，部队政治素质和军事素质得到了较大提高，逐渐成为一支无产阶级的革命军队。

赵博生也正是在这个时候比较系统地学习了政治理论和

军事知识。他认真研读了大量无产阶级革命书籍，深有感触，深受启发。他只感到时间太少，他对周围的同志说："我虽然在青年时代就立下了救国救民的大志，苦于没有引路人，自己摸索、奋斗了十几年，结果不是被人欺骗利用，就是孤军奋战，以失败告终。今天才算找到了出路，重见了光明。我赵博生愿为全国劳苦大众的翻身解放竭尽微薄之力。"

第二十二章　身先士卒　屡建奇功

在红 5 军团整编期间，一次赵博生下连队视察，发现了一个年少机灵的"老兵"——李化民，他认识字，有文化，懂规矩，赵博生把他调到 14 军军部手枪队，跟随自己担任警卫工作。

赵博生虽然在红军中是军长，在生活上则完全按照普通士兵要求自己。在当时异常艰苦的条件下，战士们吃什么他就吃什么，从不搞特殊。有时李化民为了照顾他的身体，想方设法给他弄点儿好吃的，他知道后便马上制止，并说："红军队伍里，官与兵就是要同甘共苦，为什么要搞这个特殊？"他每次下连队时也都和战士们一块儿蹲在地上吃饭，有时伙房给他单独炒了菜送来，他便马上倒在战士的大菜盆里搅开，和大家一起吃，想叫他单独吃，他绝对不同意。

赵博生穿的衣服也同战士一样，所不同的是战士们穿的是布鞋和胶鞋，他却经常穿草鞋。他用的手枪也是旧的，连枪上的保险带都是他自己用麻捻成的绳子。李化民设法弄到根皮革的保险带想给他换过来，但他执意不肯，硬要李化民自己留着用。

赵博生每次外出时，总是轻车简从，身边只带李化民一个警卫员，多跟一个他都不让。他常说："我们是红军，又不是军阀，摆那个臭官架子干什么？"

李化民对其他红军说："记得在国民党军队的时候，我们旅那个叫李松崑的长官，每次外出总是前呼后拥、兴师动众，前面一个手枪队开道，四周是副官，围得满满的，你连他的人影都休想看到。而且他每次外出的前三天就要开始戒严，在必经之路上布满密密麻麻的岗哨。想想国民党军队那种恶劣腐败的军阀习气，再比比我们赵博生军长的言行举止，真有天壤之别的感觉。"

赵博生保持着艰苦奋斗的红军作风，他平易近人，与战士同甘共苦，与广大指战员情同手足、亲密无间。他每次只要一到连队，战士们就围前围后的像对自己的兄长那样亲热，没有一点儿拘束感。他经常深入连队与战士们促膝谈心，细心讲解革命道理，以谦逊和蔼的态度启发官兵的思想觉悟，教导他们遵守革命纪律，去掉从旧军队中带来的不良作风。这些细致的思想工作，使红5军团这支起义部队很快转变为一支真正的无产阶级军队，在以后的漫长岁月中，为中国革命的胜利做出了卓越贡献。

在红5军团里，只要一提起赵博生军长，大家的赞美之情便油然升起，没有一个人不跷起大拇指来称赞他。

经过两个多月的整训、整编，红5军团面貌一新，广大指战员士气高涨，求战立功心切。正待中革军委命令参加作战之际，著名的赣州战役打响了。

1932年2月下旬，赵博生、董振堂一起率红5军团，和兄弟部队一道开赴前线作战，参加了围攻赣州的战斗。

赣州是赣南的政治、经济中心，为军事要地。赣州三面环水，城墙坚固，易守难攻，素有"铜赣州铁上杭"之称。赣州战役历时三十三天，危急时刻，黄中岳率15军，董振堂率13军及时奉命驰援。全体官兵，手持大刀，奋不顾身，冲了上去，与敌人短兵相接，展开肉搏战。素以"西北军大刀片"著称的红5军团发挥了重要作用。

红5军团作为红军的部队首次参战，出色地完成了任务，整训后的政治素质和军事素质经受了实战的考验，受到了中革军委的好评。

赣州战役后，红5军团又参加了漳州战役。毛泽东以中华苏维埃临时中央政府主席的身份，亲自率东路军执行攻取漳州的任务。

此次战役，歼敌49师大部，俘一千六百余人，缴获飞机两架，这对巩固闽西、发展闽南及援助东江红军的作战发挥了重要作用。同时缴获大量物资，筹款一百多万元，敌军被迫回师赣南。

漳州战役是毛泽东主席建议并亲自指挥的。漳州战役的胜利，给赵博生留下了深刻的印象：一个月前进攻赣州，易守难攻，久攻不克，损失惨重；一个月后，攻打漳州，一举攻克，大量歼敌。两役相比，使赵博生对毛泽东主席更加敬佩，对毛泽东主席制订的战略战术更加信赖。

漳州战役后，赵博生出任红5军团副总指挥兼第13军军长。

在一场场战役中，赵博生非常注意在实践中学习红军的战略战术、带兵方法和作战原则，做到果断、谨慎、灵活。凡属重要战斗和关键时刻，他都亲临前线指挥，身先士卒，周密部署，反复检查，表现得异常坚定沉着。他经常用这样的话来激励全军将士："吾辈革命军人应当勇往直前，奋不顾身，以一当十，以十当百！"

赵博生每次指挥作战，从不知疲倦，必定周密地做好战前准备。经常亲自翻山越岭勘察地形，选定工事位置。有时看地形时，一个来回就是几十里山地，爬上爬下，连李化民这些年轻力壮的小伙子都累得精疲力竭，腿都快迈不动了，可他总像没事儿一样。其实，他并非不累，而是为了对战斗胜利负责，对革命事业负责。

每次战斗前，他无论走到哪儿，都要抓紧对部队进行一番简短的战斗动员，讲解战斗的重要意义，并结合各部队的任务提出具体的战法和要求。他很注重在实践中不断学习红军机动灵活的作战方法，改变在旧军队中形成的那套刻板的战术，做到了指挥灵活，临机立断。

每次战斗中，他为了及时了解敌情，准确掌握战场上瞬息万变的形势，保证实施正确的指挥，总是把军指挥所设在离主阵地后边一二百米的位置，将个人的安危置之度外。凡是重要的战斗和紧要关头，他总是挺身而出，亲自带领部队去冲杀敌群，杀得敌人胆战心惊。

1932年7月间，广东军阀陈济棠出动二十个团的兵力，在粤赣边界的南雄县水口圩一带向我中央苏区发起进攻，第13军担任主要地段的防御。前两天战斗打得很残酷，敌我双方伤亡都很大。我方扼守要点儿的几支坚守部队，在战斗最紧要的关头，曾好几次端起刺刀，挥舞着大刀勇猛地冲向敌群，与敌人短兵相接，展开了殊死的白刃格斗。

尽管敌人的兵力三倍于我，但在我军的坚决抗击下，敌军始终未能前进一步。战斗进行到第三天时，敌人集中了三个团的兵力，在密集的炮火掩护下，突然向我某师的主阵地发起了猛烈进攻。由于这个师经过两天多的鏖战后，伤亡较大，武器弹药也未得到及时补充，在与敌进行反复激烈的争夺后，终因敌我兵力悬殊而失掉了主阵地。

由于我军部就设在该主阵地不远的山头上，如不采取果断措施夺回主阵地，势必将会使我指挥中枢受到严重的威胁，进而危及整个防御体系，造成战役的失利。在这千钧一发之际，赵博生军长同何长工政委商量后，迅速把军部手枪队、特务连和侦察连全部集中起来，组成了一支精干的反冲击部队。

李化民在赵博生军长身边，看到部队马上要出发，急得不行，一再要求跟部队一块儿去冲锋。赵博生见他态度坚决，要求强烈，就点头同意了。这支人数不多但战斗力很强的反冲击部队，在赵博生军长的亲自率领下，以猛虎下山之势，向敌人发起了突然而猛烈的反冲击。

战斗中赵博生不幸左臂负伤，鲜血直流，但他全然不顾，仍咬紧牙关继续带领部队向敌人冲杀。大家再三劝他赶紧下去包扎休息，他却说："流血很少，一点儿小伤完全不用担心。"他一再叮嘱战士们要保密，不要瞎嚷嚷。在赵博生模范行为的鼓舞下，全军战士奋起向前，左拼右杀，一鼓作气连续攻下三个山头，又配合某师全部夺回了失去的阵地。

紧接着，我军全体将士在赵博生的亲自指挥下，乘胜追击，形成了对敌人全线追歼的有利态势，最后打垮了敌人，取得了整个战役的胜利。

水口战役是红5军团参加的一场恶战，红5军团的大刀片发挥了重要作用。战后，苏区中央局对水口战役给予高度评价。

水口战役后，中央苏区南翼的形势基本稳定了下来。

这期间，赵博生对参谋工作建树颇丰，在战斗和工作中培养了大批优秀干部。其中对孙毅的培养即是一个典型。早在起义前，他安排孙毅在第26路军总指挥部任参谋。临近起义，为掌握25师情况，他把孙毅调到25师师部任中校参谋。起义后，赵博生任14军军长，又培养孙毅担任14军侦察科科长。每次命他完成一项重要任务，赵博生便千叮咛万嘱咐，讲目的、教方法。孙毅两次带队向老大哥部队学习，取得了很好的效果。接着，调他到 41 师任参谋长。

水口战役后，赵博生批准孙毅到红军学校去学习工作。离开部队的那天中午，赵博生为孙毅饯行，两个人面对面坐着，十分亲切。赵博生深情地说："红军学校是咱们红军的最高学府，那里人才济济，藏龙卧虎，是培养红军干部的好地方。你到了那里，要好好学习，发挥自己的特长，要为咱红 5 军团争光。"

孙毅激动地说："参谋长，你最了解我，我没有什么可说的，一句话，绝不辜负您的期望！"

第二十三章　黄狮渡激战
中弹壮烈牺牲

　　红 5 军团在赵博生等同志的指挥和领导下，仗越打越好，官兵越打越勇，屡建战功。红 5 军团的战士在作战中非常英勇顽强，尤其是马刀拼得敌军胆战心惊。之前，苏区军民都说"1 军团的冲锋，3 军团的包抄"厉害，此后，又加上了"5 军团的马刀"。

　　南雄、水口战役后，中央局召开了兴国会议，决定对红军进行整编：红 5 军团辖第 13 军、第 15 军，总指挥董振堂，政委萧劲光，副总指挥赵博生，政治部主任刘伯坚。第 13 军由赵博生兼军长，何长工任政委。

　　当时，赣州以东地区敌人兵力比较薄弱，乐安、宜黄地区仅有孙连仲部新组建的第 27 师，根据这一比较好打的情况，中革军委下达了乐安、宜黄战役的军事训令，决定由 1、3、5 军团为主作战军，消灭乐安、宜黄之敌。

　　红 5 军团在董振堂、赵博生、萧劲光率领下北上。当时，已是酷暑夏季，骄阳似火，指战员们顶着烈日，汗流浃背，却顾不上休息，急行军三天，到达中革军委指定的乐安以南之望仙、南村附近待命。

1932年8月16日，红1军团之第3军起兵攻打乐安，攻城未能奏效，遂改为以第4军为主强攻。红5军团奉命参加攻城，广大指战员奋力冲杀，于17日攻克乐安城，全歼守敌27师一个多旅，俘敌三千人。敌机前来袭扰时，被红军击落一架，乐安一仗取得重大胜利。

8月19日，红军攻打宜黄，红5军团奉命向东北方向进至宜黄城西南之龙源一带为总预备队。20日，天下着雨，红3军团首先向城南峨山、北华山等敌人城外据点发起攻击，但未能奏效，随即调整部署改为夜间进攻，于当夜歼灭守敌大部。残敌向北逃窜，红军尾随追击，于22日又将逃敌大部歼灭。宜黄战斗，红军共歼敌三个多团，俘敌两千余人。

乐安、宜黄战役两战两胜，取得歼敌三个旅、俘敌五千多人的重大胜利。红5军团在董振堂、赵博生等人指挥下，再立新功。

苏区中央局为了贯彻临时中央关于"择敌人弱点击破一面，勿待其合围"的方针，于10月上旬在宁都举行了全体会议。会后，红一方面军根据会议精神，决定乘敌人新的围攻部署尚未完成之际，出敌不意地击破敌人一方，发起建宁、黎川、泰宁战役。

10月16日，红5军团从驻地出发东进，先后占领建宁、黎川、泰宁、邵武、先泽广大地区，歼敌一个团。

11 月 1 日，赵博生再率 13 军与红 1 军团和红 3 军团在南丰以东之沧浪、大洋源地区击溃敌第 8 师两个团，再占黎川。至此，董振堂、赵博生率红 5 军团参加的建宁、黎川、泰宁战役胜利结束。

12 月 14 日，是宁都暴动一周年纪念日。中革军委主席朱德、副主席王稼祥、彭德怀发出通令，要求全军要隆重纪念这个具有重要历史意义的日子。通令指出："宁都暴动是中国苏维埃革命中一个最伟大的士兵暴动……中央政府决定并通令各地在宁都暴动纪念日同时举行活动，并给予领导暴动的董振堂、赵博生两同志以全苏大会所制定的最高荣誉的红旗奖章，给领导暴动的各干部以革命书籍多种，给参加暴动的红 5 军团全体战士以其他的慰勉与奖励。"

12 月 11 日，在瑞金红军学校操场和黎川前线分别召开了隆重的纪念大会。会场上红灯高悬，彩旗飘扬。会议由参加起义的卢寿椿介绍了宁都起义的经过。

会上，向宁都暴动的领导者董振堂、赵博生颁发了一级红旗奖章。各群众团体向红 5 军团赠旗。会后，两万多名群众举行了提灯游行。

这天夜里，赵博生迟迟不能入睡。他手里捧着这枚沉甸甸的一级红旗奖章，细细回忆起宁都起义的种种情节，回忆起宁都起义之前自己十多年苦苦追寻救国理想却报国无门的坎坷与苦闷，回忆起加入共产党以来和参加红军之后率部屡建功勋，他不禁热泪盈眶。他铺开稿纸，提笔想给家里人写一封信，思忖良久，却感觉笔端千斤重，竟不知道从何说起。他的爹娘已经年老，多病，妻子从西安探亲回乡之后，再也没有团聚的机会。当年祖母病重，陈毓耀军长知道他与祖母感情深厚，特批他回乡探亲，征人万里归，故乡的一草一木记着离人情。赵博生跪在祖母床头，祖母艰难地坐起，抱着赵博生放声大哭。哭完，祖母却说，知道他在军队里干大事，自古忠孝不能两全，要他赶紧回部队，祖母见到他了，死也甘心了……

赵博生把一级红旗奖章仔细地收好，准备将来胜利了回到家乡，把这枚好看的奖章亲手交给爹娘。他一直没有忘记当年离开家去保定军校时父亲叮嘱他的话，他可以拍着胸脯告诉父亲，他赵博生没有祸害百姓，他经历枪林弹雨、血雨腥风、抛头颅洒热血为的是天下百姓，为的是给子孙后代一个清平世界！

1933 年初，蒋介石在第三次"围剿"失败以后，积极策划第四次大"围剿"，他到南昌亲自兼任"围剿"军总司令，指挥这次"围剿"。

蒋介石决定采取"分进合击"的方针，他派吴奇伟和周至柔带领十几个团的兵力，向金溪、南城一带苏区进犯。这是蒋介石军队的一次试探性进攻，企图一举歼灭我红军主力军团。

为保障红军主力在黄狮渡一线与敌人决战，赵博生奉命率三个团在左翼的长员庙一带扼守山脉，吸引和钳制三倍于我的敌人。

接受任务以后，赵博生深感这次战斗的重要和自己责任的重大。他面对强敌临危不惧，亲临前线指挥，精心勘察地形，缜密研究与部署兵力。

赵博生召集指挥员，反复征询意见，一再叮嘱说："这里山脉连绵，只利于守，不利于攻。守也不是处处设防，要择险而守。敌人的兵力比我们多得多，要注意发挥老兵的长处，他们都有挖战壕筑碉堡的经验。"

在部署战斗时，赵博生对突击的道路、战斗中的通讯联络、可能决战的时间等，都做了详尽的指示。他严肃地对指挥员说："这是关系到全军胜利或失败的斗争，我们一定要完成这一战役的光荣使命。要发扬我们善于防守阵地的战斗作风，争取在这次战役中把我们锻炼成为真正的红军战士！"

根据赵博生的指示，战士们连夜挖战壕，修工事，不到八个小时就全部按计划完成了任务。

赵博生又指示 128 团团长："集合全体指挥员，认真检查一遍，一定要消灭死角，加强薄弱地段。时刻记着，备战多流一滴汗，战场上少流一滴血！"

第二天，1933 年 1 月 8 日清晨，敌人的炮声响了。愚蠢的敌人根本没有想到红军会在这里部署主力部队，以为长员庙只有少量地方部队，计划要在黄昏以前消灭我守军。

敌人先用大炮轰炸我军前哨阵地，然后连续对我军发动数次进攻，均被打退。但是我军的弹药不多了，到11时左右，敌人又向我军右路发动进攻，赵博生清醒地意识到，如果敌人攻下右路135团的阵地，左路128团就有被包围的危险，要守住阵地是十分困难的。他立即通过电话命令128团："特务连立即出击，协助135团恢复阵地！"

特务连多是身强力壮的老兵，每人佩有大刀、手枪、冲锋枪三大件，战斗力很强，出击以后，很快打退了敌人，恢复了135团的阵地。

赵博生又派通信员把128团团长袁汉澄找去，对他说："我估计敌人还要向135团进攻，因为那边地势低，工事薄弱，战斗动作也不熟，敌人前几次进攻都是侦察性的，虽然被打退了，但也摸到了我们的一些情况。你们要修补工事，使火力形成扇面，但一定要节省子弹，真正残酷的战斗还在后面。"

说完，赵博生把指挥任务交给手下的参谋，决定亲自到135团的阵地上去。这已经是赵博生的老习惯，每次战斗，他都要出现在最关键、最危险的地方。

敌人经过喘息，又集中火力向我两翼阵地轮番发起冲锋。他们像输红了眼的赌徒一样，纠集了大量的兵力蜂拥而来，向我方纵深的重要阵地发起了疯狂的集团冲锋，企图一举打开突破口，挽回败局。

战斗中，敌我双方争夺十分激烈，敌人凭借优势的兵力和猛烈炮火的掩护，进攻规模越来越大，而且一次比一次更加疯狂。我守军战士子弹打光了，手榴弹扔完了，赵博生就指挥战士们用石头猛击敌人，用写有"百战百胜"字样的斗笠装上鹅卵石回击敌人。战至下午4时左右，我方的主阵地终于被敌人夺了去。

赵博生异常焦急，他马上集合了两个连，亲自指挥向敌人实施反冲击，计划趁敌人立足未稳之际而一举夺回阵地，以达到稳定我方防御态势之目的。敌人居高临下，占据了有利地形，火力十分猛烈，在这种不利情况下实施反冲击，将要冒着极大的生命危险。将士们再三劝阻赵博生不要亲自去，但他说什么都不听，亲自带领由军官组成的最后突击队，向敌人发起猛烈的反冲锋。他右手提着枪，头一扭，大喊一声："同志们跟我来！"就率领部队疾风般地向敌人冲了过去。

当冲至距敌人不到一百米的一个小山头上时，赵博生一边指挥，一边回击敌人。突然，一颗子弹飞来，击中了他的右额，赵博生左右摇晃了两下，当即倒地。身边的将士们震惊了。

激烈的枪炮声仿佛一下子退到了遥远的天际。群山肃立，白云翔集……宁都的山山水水都铭记着这位年轻的将军，仿佛齐声呼唤他醒来。赵博生艰难地睁开双眼，在他眼中，太阳的光芒变成了红色，永远定格在宁都的上空……

目睹军长中弹，对将士们来说简直如同晴天霹雳，他们怎么都不相信眼前所发生的一切是真的。

手枪队的将士一个个怒火中烧，悲愤万分。李化民大喊一声："冲啊，给军长报仇！"全队就像离弦的利箭一样，不顾一切向敌人冲过去。

正在这时，跟随军长多年的副官禁不住大吼："警卫班的人都给我回来！还不赶快把军长抬下去抢救！"警卫班只好强按住满腹的复仇怒火撤了下来，以最快的速度把赵博生抬到后方救护所。

医生检查后，一句话也未说，低下头去，眼泪唰唰地流了下来。见此情景，警卫班的战士心中悲痛万分，大家一齐扑在赵博生身上失声痛哭。

敌人被打退了，阵地守住了，主力部队在红5军团的配合下，取得了全部歼灭敌人六个团的胜利。但是红5军团杰出的指挥员赵博生，因弹片深嵌脑部，光荣牺牲，年仅三十六岁。

赵博生同志牺牲后，遗体被送回宁都安葬。红5军团的将士无不悲痛万分。董振堂、刘伯坚作为他的亲密战友，都热泪长流。董振堂签发《五军团全体战士答各团体慰勉电》："把赵副总指挥遗留下来的光荣的苏维埃旗帜高高举起，插向抚州、南昌，插向全中国！"

赵博生同志的牺牲，不仅是红5军团的损失，也是我党我军的一大损失。为了永远纪念宁都起义的领导者、红5军团的缔造人之一赵博生同志，1933年1月13日，中华苏维埃共和国中央执行委员会下令，将宁都县改为"博生县"，命令全苏区于1月21日举行追悼大会。

中华苏维埃共和国临时中央政府又在瑞金叶坪广场上，

建造了方形的纪念建筑"博生堡"以示纪念。朱德总司令亲笔题写了"博生堡"三个苍劲有力的大字和赵博生的碑志，一并镶嵌在堡的上方。堡上的碑文中写道："博生同志虽死，他的光荣牺牲将永远照耀和深印于千百万工农劳动群众的心坎里！"

毛泽东主席称赵博生是"坚决革命的同志"。1937年12月"宁都起义"六周年时，毛泽东和萧劲光、王稼祥同志在延安专门接见了参加宁都起义的部分同志，并在凤凰山住所前一起合影留念。毛主席在合影照片上题词："以宁都起义的精神，用于反对日本帝国主义，我们是战无不胜的。"

叶剑英于1962年八一建军节纪念日前作诗怀念先烈赵博生。诗云：

> 宁都霹雳响天晴，赤帜高擎赵博生。
>
> 虎穴坚持神圣业，几人鲜血染红星。